新雅中文教室

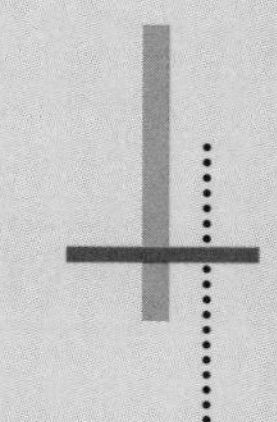

諺語故事100選

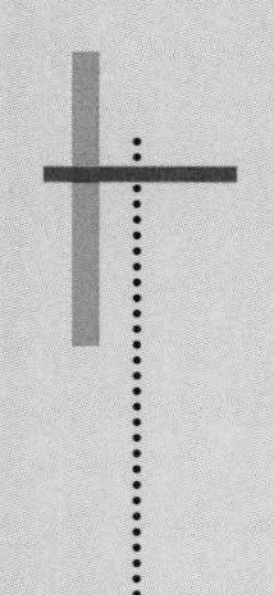

宋詒瑞　著

新雅文化事業有限公司
www.sunya.com.hk

前言

我們在日常生活中經常聽到、用到諺語，可是「書到用時方恨少」，到要用的時候總是想不起該用哪些諺語。想起來了，卻又懷疑自己用得對不對。你也試過這樣嗎？

諺語是在民間廣泛流傳的短語，多是人民的生活經驗，內容精煉，通俗易明，富有口語色彩。諺語的內容廣泛，通常都是一些知識和經驗的簡括總結，富有教育意義。

諺語的字數沒有固定，短至五個字，例如「習慣成自然」，長至十個字以上的也不少，例如「一年之計在於春，一日之計在於晨」。有時前後兩部分還會押韻，以便記誦，例如「台上一分鐘，台下十年功」。

本書由著名兒童文學作家宋詒瑞老師精選 100 則諺語，每則諺語都根據它的出處寫成故事，簡潔易明地解釋了諺語的意思。一些沒有具體出處的諺語，宋老師還精心創作了貼近兒童生活的故事，又替一些被曲解、誤用的諺語「正名」。期望讀者了解諺語的來源，認識諺語正確的意思，並能準確掌握諺語的用法。

正所謂「授人以魚不如授人以漁」，與其告訴你很多句諺語，還不如教你認識諺語、怎樣運用諺語。說不定，「青出於藍而勝於藍」呢！

「天下無難事，只怕有心人」，只要你有決心肯去做，一定會有所得。就從現在開始，一起學習諺語、善用諺語吧！

目錄

飲食健康篇 182

幽默詼諧篇 194

海內存知己 天涯若比鄰

故事類型：**古籍記載**

這句諺語出自唐代詩人王勃的一首詩——《送杜少府之任蜀州》：

城闕輔三秦，風煙望五津。與君離別意，同是宦遊人。

海內存知己，天涯若比鄰。無為在歧路，兒女共沾巾。

王勃出身於一個高官文人家庭，從小熟讀詩書，能文善賦，被稱為神童。他寫了很多純樸的詩詞，破除華而不實的文風，被譽為「初唐四傑」之首位。

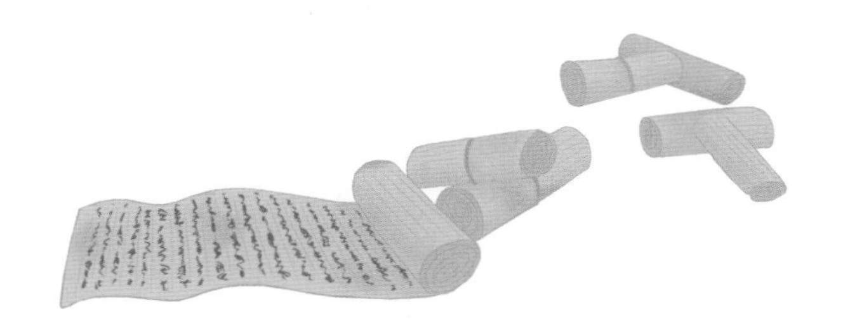

唐高宗時期，王勃被召為王府的侍讀。可是他任職不久，眼見一些王室成員沉溺於玩鬥雞的賭博遊戲，寫了一篇文章諷刺這種不良嗜好，引起了眾怒，被高宗趕出王府。

一位姓杜的縣官是王勃的好友，被降到四川去任職。王勃在長安與他分別時寫了這首著名的送別詩。

詩的第一句描寫長安的城郭宮殿氣勢宏偉，第二句遙望友人將赴任的蜀州，水路密布，煙霧迷茫；第三四句歎息兩人同是遠離故鄉奔走做官之人，相識相知卻被迫分離。

第五六句是傳世名言，傳達了至交之間的深情厚意：雖然我們遠隔天涯海角，但是只要是知心的知己，還是像在一起啊！

因此帶出了最後兩句：不要像那些多情男女，在分手的岔路上痛哭啊！

釋義

海內存知己，天涯若比鄰——這句諺語描寫了知心好友之間的深厚情誼。雖然朋友遠隔千山萬水，分散在天涯海角，但是只要心心相印，就好像永遠在一起，情誼是路途阻隔不了的。

例句

我在亞洲學生交流會結識了很多來自不同地方的青少年，分別時大家都戀戀不捨，相約要保持聯絡。真是海內存知己，天涯若比鄰！

家有一老如有一寶

故事類型：**民間傳説**

傳説古代有一個很窮的國家，家家的孩子都吃不飽，長得面黃肌瘦。

國王就下令：把不能下田耕作的老人都趕到山林去，節省下來的糧食要餵飽孩子。村民們為了孩子只好這樣做。不過，一個叫文二的青年不忍心年邁的父親到荒野去自生自滅，就把他偷偷藏在家中。

國王的兒子看中了鄰國的公主，前去求婚。聰明的公主出了四道難題要他三天內回答：什麼東西的味道最好？什麼人的生命最長？什麼東西最寶貴？什麼事情最快樂？

全國百姓都來幫王子想答案，但是誰也回答不了。文二去見王子，說了答案：母乳的味道最好，無憂人的生命最長，信譽最寶貴，家人團聚最快樂。

公主對答案很滿意，但又出了一道難題：一塊兩端同樣的檀木，哪端是頭？哪端是尾？又是文二來獻上答案：把木頭放在水裏，沉下去的那端是頭，浮起的是尾。他又答對了。

公主的第三道難題是牽來兩匹一模一樣的馬，哪匹是母馬？哪匹是小馬？大家都看不出來。又是文二提供了解決辦法：把一小束嫩草放在兩匹馬面前，把草推給另一匹馬吃的，就是母馬。

公主認為這個國家的百姓都很聰明，高高興興地嫁了過來。文二乘機對國王說，這些難題都是他的老父親解決的。家有一老如有一寶啊！

國王這才醒悟，趕快把村裏的老人都請了回來。

釋義

家有一老如有一寶——老人的閱歷豐富、見多識廣、很有智慧，家中如果有一位老人，就像有了一件寶貝，所以應該尊重老人、照顧老人、孝敬老人。

例句

爺爺奶奶的本領真多，爺爺每天教我練毛筆字、下象棋；奶奶為我們煮美味的飯菜。媽媽說家有一老如有一寶，我家有「兩寶」呢！

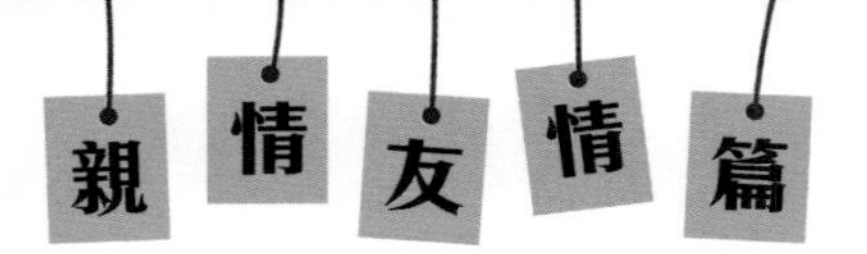

誰言寸草心
報得三春暉

故事類型：**古籍記載**

慈母手中線，遊子身上衣。

臨行密密縫，意恐遲遲歸。

誰言寸草心，報得三春暉。

這首膾炙人口的感人古詩，是唐代詩人孟郊歌頌母愛的傑作。

孟郊家境貧困，父親去世得早，他和兩個弟弟與母親相依為命。為了改變命運，他隱居家中苦讀，期望通過科舉考試獲得功名。

但是孟郊的仕途卻不順利。他一直到了四十一歲，才得到了赴京參加科舉考試的機會，結果落選。他很沮喪，多虧母親的鼓勵和朋友的幫助，他才去參加第二次考試。但是又失敗了。

年屆中年，卻一事無成，全家就靠母親做些針線活來維持生計，孟郊心中十分痛苦。母親不但是他精神支柱，還勸慰他不懈不怠，繼續努力。孟郊終於在四十六歲那年考上了進士，只是又等了四年，朝廷才派他去溧陽當縣尉。

縣尉是個小官職，很多文人都不屑擔任。孟郊也不想接受，又是他母親勸他從低職做起，積累經驗，於是五十歲的孟郊離家上任。

臨走前一晚，母親在油燈下一針一線地為他縫製冬衣，一邊喃喃地說：「你這一去不知什麼時候才能回家，衣服要縫得密實些，你才能多穿幾年……」

孟郊到了溧陽，安頓好便派人接母親來盡孝。在等候母親的時候，他寫下了這首名詩《遊子吟——溧上迎母作》，把母愛比作温暖的陽光哺育着小草，作為子女怎報答得了偉大的母愛？

釋義

誰言寸草心，報得三春暉——寸草，微小的草；三春，農曆中春季分為孟春、仲春、季春三個時段；暉，是陽光。這兩句比喻兒女微小的孝心，報答不了母親偉大深情的愛。

例句

《遊子吟》在香港曾獲選為「最受歡迎的唐詩」，是因為「誰言寸草心，報得三春暉」這句名言表達了子女對母親的真情。

有福同享　有難同當

故事類型：**古代小說**

這句諺語出自大家熟悉的三國時期桃園三結義的事。

東漢末年，天下大亂，朝廷招兵對抗黃巾起義。當年二十八歲的劉備見到榜文長歎一聲，身後有人大聲斥責他說：「大丈夫不為國出力，歎什麼氣啊！」劉備回頭一看，此人身高八尺，濃眉大眼，生得魁梧強壯。原來那人姓張名飛，靠賣酒屠豬為生，喜歡結交天下豪傑。

劉備說自己是漢朝宗室，有志為國殺敵，但是心有餘而力不足，所以長歎。張飛說自己有些家產，兩人可合作辦事。劉備聽了很高興，便邀他到酒店坐下細談。

這時，店裏來了一個九尺高大漢，相貌堂堂、威風凜凜，嚷着說要喝足了酒去投軍殺敵。劉備請他一起喝酒，言談間知道他姓關名羽，平生愛打抱不平，在家鄉殺了個惡霸，被迫流落在外，也想去報名從軍。

三人志同道合，意氣相投，便要結拜為兄弟共圖大事。張飛邀請兩人到他莊院的一座桃花園內，擺下祭品，燃香設壇。三人一拜再拜，發誓道：「我劉備、關羽、張飛三人雖不同姓，但願結為兄弟。有福同享，有難同當，同心協力報効國家……」按年齡劉備是大哥，關羽第二，張飛是小弟。

此後這三人果真齊心合作，屢建戰功，為蜀漢出力。

（見《三國演義》第一回）

釋義

有福同享，有難同當——有幸福一起分享，有苦難共同來分擔。通常指關係親密的好友、兄弟或夫妻，彼此間情意深厚，任何情況都不離不棄。

例句

祖父母結婚五十年了，兩人互相扶持，一起經歷無數的好事、壞事，人們都說這是一對有福同享，有難同當的模範夫妻。

可憐天下父母心

故事類型：**古籍記載**

這句人們常用的諺語描述了父母對子女的無私付出，但是極少人知道它的出處——這是統治清朝四十七年的慈禧太后説的！

顯赫的慈禧太后原來有着一段悲慘曲折的早年生活。

清道光年間，慈禧出生在山西一個王姓農民家庭。她是漢族人，名叫小慊。王家很窮，小慊四歲的時候，母親生病得不到治療，一病不起。父親無力撫養小慊，便把她賣給縣裏一個姓宋的家庭。宋家也很貧窮，所以在小慊十二歲時又把她賣給了知府家當婢女使喚，吃了不少苦。

改變她命運的是一件很偶然的事：有一次，知府夫人無意中見到小慷的雙腳心各有一粒痣，按迷信的説法這是大貴大福的象徵，於是知府夫人收了她作養女，改名為葉赫那拉，歸屬滿族。她天資聰穎，養母很寵愛她。

咸豐二年，葉赫那拉十七歲時，被養父母送進宮裏為妃，生下的兒子成為日後的同治皇帝。同治即位後尊慈禧為皇太后，一直到光緒即位，她是朝廷的實際主政者，垂簾聽政二十年，後來就獨攬大權。

在慈禧養母七十大壽的時候，慈禧親筆寫了一首短詩，連同壽禮派人送去，詩有四句：

世間爹媽情最真，淚血溶入兒女身。

殫竭心力終為子，可憐天下父母心！

儘管慈禧做了很多危害國家和人民的壞事，但是她的這首詩卻是真誠地讚歎了天下父母對兒女的一片愛心。

釋義

可憐天下父母心——可，是值得、應該的意思；憐，是珍惜、讚歎的意思。全句的意思是，天下父母對子女的愛是最真誠無私的，值得珍惜和讚歎。

例句

很多父母在周末都要陪着子女四處走動——游泳、打球、學彈琴、學畫畫、補習中英數……比上班工作還要累。可憐天下父母心啊！

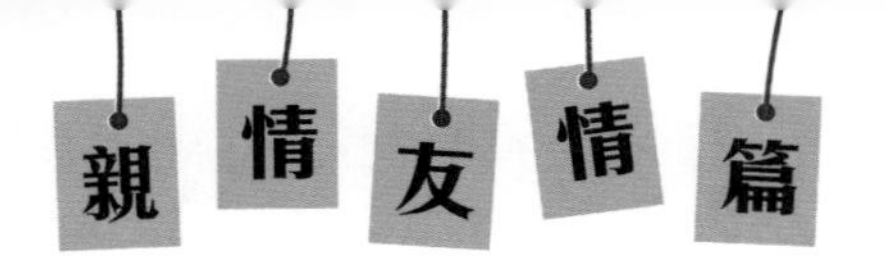

在家靠父母 出門靠朋友

故事類型：**創作故事**

月華一家四口移民到澳洲三個月後，寫了一封信寄給北京的父母，當中寫道：

我這個獨生女在家時得到你們無微不至的照顧，出嫁後因為住所相近，能常回娘家吃飯，孩子有你們照顧，大小事都有親友相助，我真是好幸福啊！

可是離開你們來到異國，人生地不熟，我十分徬徨。這時，四面八方向我伸來了友誼之手——好友小沈特地從悉尼趕來幫我

安頓新居，陪我們去買車辦手續，去採購家具和生活用品，解決了我們的燃眉之急；教會的兄弟姐妹們上門來，為我們聯絡兩個孩子上學的學校；鄰居們主動來問候，告訴我們郵局和超市的地址，還幾次幫我們清掃門前的落葉……我們認識了不少朋友，他們都是熱心腸的人，只要知道我們有什麼需要、遇到什麼困難，都紛紛出謀獻策，提供幫助。

有一次與教會一位姐妹談心時，我説覺得自己如此麻煩別人很不好意思。她很真誠地説，大家都是移民過來的，都有過這麼一段不適應的艱難時期，需要別人的幫助。「在家靠父母，出門靠朋友」啊！這種幫助是不圖回報的，只要你安定下來後，將來也能這樣幫助其他人，把互助互愛的精神傳遞下去，就是最好的回報了。

所以，請你們放心，我在這裏一切都好！

釋義

一個人在家時受到父母無微不至的照顧，衣食無憂；一旦離家到了外地，舉目無親，常常是得到了朋友們在各方面的幫助，慢慢適應新生活，學習解決各樣問題。

例句

大表姐要到外地工作，姑丈對她説：「俗語説在家靠父母，出門靠朋友。雖然爸媽不在你身邊，但是不用擔心，會有朋友幫你的。」

每逢佳節倍思親

故事類型：**古籍記載**

這句諺語出自唐代詩人王維的一首名詩《九月九日憶山東[①]兄弟》。

農曆九月初九是中國的一個傳統節日——重陽節，古代在各地都很重視這個節日。相傳東漢時期有一個惡魔時常傳播瘟疫，害得很多家庭家破人亡。有個年輕人立志要尋求解救辦法，為民除害，便外出求仙。深山一位仙人收他為徒，教他一身武藝。有一天，那仙人告訴他說，明天惡魔又會來傳播瘟疫害人，教他回家去如此如此應對。

青年人回家後，第二天就是九月初九，他帶領村民們上山，發給每人一株名叫茱萸的草藥，並且喝一口菊花酒。

瘟魔來到，聞到茱萸和菊花酒的香味嚇得發抖，青年人帶領身強力壯的村民們下山來與惡魔搏鬥，殺死惡魔，消除了瘟疫。

之後每年九月初九人們就要登高上山，家家戶戶插茱萸葉，喝菊花酒避瘟。九月又是收穫的秋季，人們在那一天都要祭祖拜神，歡慶豐收。

至於王維，他是山西人，唐朝的著名詩人和畫家。十七歲那年他離家獨自漂泊在長安一帶，恰逢九月初九重陽節，他很思念家鄉的兄弟玩伴，遙想他們今天又身插着茱萸登山遊玩，可惜自己未能同行，於是寫下此詩：

獨在異鄉為異客，每逢佳節倍思親。

遙知兄弟登高處，遍插茱萸少一人。

① **山東**：在此不是指山東省。因為王維的家鄉山西蒲州是在華山的東面，所以他稱故鄉的兄弟是山東兄弟。

釋義

每逢佳節倍思親——獨自一人離開了家鄉身在外地，本來就很思鄉，逢到節日見到人們家家團聚歡慶，就格外想念家鄉的親人了。

例句

一到中秋節，媽媽就急着要給遠在美國讀書的兒子打電話，她說：「每逢佳節倍思親啊，孩子一定在想我們了！」

遠親不如近鄰

故事類型：**創作故事**

舅舅在美國讀完大學後在當地成家立業，媽媽牽腸掛肚，很是想念她這個唯一的弟弟。今年暑假，爸媽帶着我一起去美國探望他。

我們到美國的那天，舅舅、舅媽有重要會議走不開，託了鄰居王先生來機場接我們。王伯伯舉了一塊寫了我爸媽名字的紙牌接到我們，開車兩小時把我們送到舅舅家。

多年不見舅舅了，親人相聚都很高興。媽媽說這次太麻煩王先生了。舅舅告訴我們說，他們和王家親如兄弟，凡事都互相幫

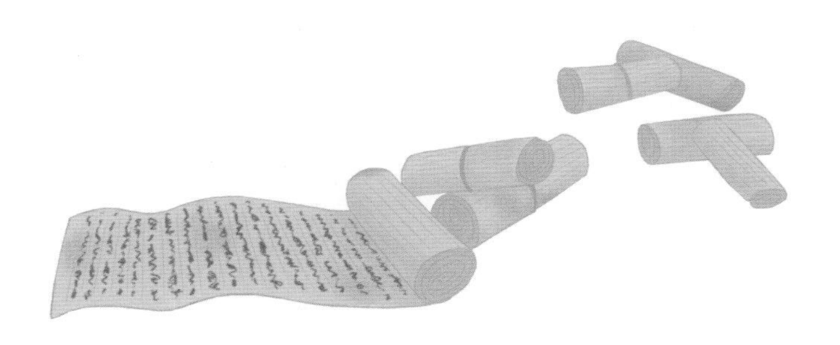

助，過年過節都一起聚餐。有一次舅媽得了急病，舅舅急得六神無主，多虧王伯伯幫舅舅一起把舅媽及時送去醫院搶救。王伯伯比舅舅早來美國幾年，舅舅的這份工作也是他介紹的……

媽媽聽了十分感動，歎息道：「我們姐弟相隔那麼遠，我想照顧你也是心有餘而力不足，看來遠親不如近鄰啊，你真幸運能有這樣一位好鄰居，那我也就放心了！」

釋義

遠親不如近鄰——離開家鄉的親人們相隔萬水千山，相互照顧不到；但是住在附近的鄰居們之間關係密切，相處融洽，彼此排難解憂，比親人還親。

例句

我們以前住在公共屋邨，鄰居之間互相關心，守望相助，一家有事眾家伸出援手，這樣的睦鄰關係真是遠親不如近鄰啊！

金窩銀窩不如家裏草窩

故事類型：**民間傳説**

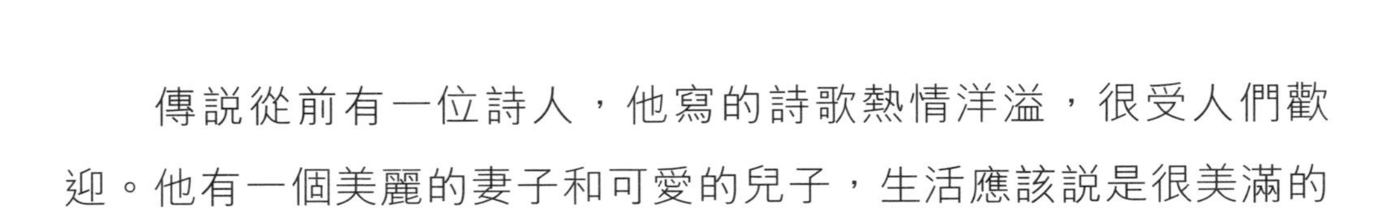

傳説從前有一位詩人，他寫的詩歌熱情洋溢，很受人們歡迎。他有一個美麗的妻子和可愛的兒子，生活應該説是很美滿的了。

不過，他的收入不穩定，所以住處很一般，平日的開支也很拮据。幸虧妻子很賢慧，能用有限的收入安排好家庭生活。

可是詩人很不滿意現狀，他很羨慕富貴人家的華麗住宅。一天，他走到森林去散散心，遇見一位仙子。仙子見他悶悶不樂的樣子，問他：「你為什麼不快樂？我能幫你嗎？」

詩人説：「我想住好一些的房子，想過幸福的生活。」

仙子滿足了他的要求，讓他住進了一所豪宅，條件是要和妻兒分離，只能一人享受。

詩人住在豪宅，起初很滿意。他有了漂亮的客廳和寬大的書房。可是只有他一人用的客廳冷冷清清，坐在大書房裏他竟然寫不出詩句來。

過了些日子仙子來看他，他向仙子哀求説，還是讓他回到老家去吧！

他回到了自己家裏，妻子的陪伴、兒子的笑聲讓他覺得十分快樂。一個月後仙子又來看他，詩人向仙子道謝說：「感謝你讓我懂得了：金窩銀窩不如家裏草窩，其實幸福就在自己身邊，我知足了！」

釋義

假如住在別人的金窩銀窩裏，雖然舒服，但不是屬於自己的；草窩雖然簡陋，但卻是洋溢着親情的自己的家。告誡人們要珍惜自己已經擁有的幸福，知足常樂，不必與他人相比，不必羨慕他人的生活。

例句

這個暑假我們全家去旅行，妹妹高興得不想回家，婆婆卻每日睡不好，說：「金窩銀窩不如家裏草窩，還是自己家睡得舒暢啊！」

路遙知馬力 日久見人心

故事類型：**民間傳説**

路遙和馬力本是傳説中的兩個人物，這個動人的故事演變成一句諺語。

古時候，據説路遙和馬力是一對從小認識的好朋友，路遙喜歡學習，讀書成績很好，一心想通過科舉考試謀得一官半職。馬力在家老老實實耕田務農。

那一年，路遙赴京城參加鄉試，把妻兒託付給馬力照顧。馬力說：「你放心去考吧，只要有我馬力吃的，嫂子和姪兒就不會挨餓的。」

路遙走了，馬力來探望路遙的妻子幾次，有人傳說他存心不良，後來他就不來了。

路遙的妻子心靈手巧，會自製手工布鞋，就靠她一針一線縫製布鞋，再拿到市場上去賣，賺到一些錢養活了自己和孩子。

三年後，路遙回來了。妻子告訴他説，馬力曾經來過幾次，給了一些錢，後來就不管了，自己只好出售手製布鞋維生，好在生意還不錯。

路遙很生氣，跑到馬力家去責問他為什麼不遵守諾言。馬力沒回答，把路遙領到一個房間，開了門讓他看。路遙一看大吃一驚：房間裏堆滿了一雙雙布鞋！

他這才明白：妻子做的布鞋都是馬力僱人一次次在市場上買回來的。為了幫助路遙的家，又要消除人們的誤解，馬力是用心良苦啊！

於是人們就説：路遙知馬力，日久見人心啊！

釋義

路遙，路途遙遠；馬力，馬的耐力；人心，人的品質。意思是一匹馬跑很長的路途，才能看出馬的耐力大小；相處的日子一長，經歷的事情多了，才能知道一個人的善惡好壞。時間是試金石。

例句

我們對這位新同學還不了解，但是路遙知馬力，日久見人心，以後會慢慢看清楚他的為人。

歲寒知松柏 患難見真情

故事類型：**古籍記載**

這句諺語出自明代戲劇家湯顯祖的浪漫主義名著《牡丹亭還魂記》裏的一首詩。

太守杜寶的女兒杜麗娘是一位善良、純樸、美麗的姑娘。她讀到《詩經》中的一首愛情詩「關關雉鳩，在河之洲。窈窕淑女，君子好逑」，激發了她對愛情的憧憬，可是在那個封建家庭裏，婚姻要聽父母之命，她沒有自由戀愛的權利。

一天午睡時，她夢見一位翩翩書生約她到牡丹亭裏幽會，兩人還一起作詞吟詩。醒來後，杜麗娘很想念這位書生，日日到牡丹亭去想再見他一面，但始終見不到，由此她得了相思病，竟然一病不起。

杜寶把女兒葬在梅樹下，並在上面修築了一座梅花庵。

書生柳夢梅赴京考試，中途住在梅花庵養病，與杜麗娘的遊魂相遇，麗娘認出他就是曾經在牡丹亭相見的書生。兩人非常恩愛，結為夫妻，柳夢梅冒險掘墳救出麗娘，麗娘因而得以復生，兩人一起到京都。柳夢梅考取進士，他回去杜府拜見岳父，卻被杜寶誤認為偷挖麗娘墳墓的盜賊，正要處決他時，傳來捷報稱柳夢梅中了狀元。後經皇上公斷，證實麗娘是真人身，一對有情人經過種種磨難，真情不移，終成眷屬。作者在文中感歎：歲寒知松柏，患難見真情！

釋義

湯顯祖通過柳夢梅和杜麗娘的傳奇愛情故事，歌頌了這對年輕人對愛情的忠貞不渝，正如在嚴寒冬天裏傲然挺立的青翠松柏，在艱難困苦的磨煉中突顯出真摯的情感，考驗出珍貴的情誼。

例句

經濟衰退那年，公司幾乎面臨倒閉，但是一批老員工自動減薪，開源節流，與公司一起渡過難關。真是歲寒知松柏，患難見真情啊！

眾人拾柴火焰高

故事類型：**創作故事**

今年我參加了暑假少年營的活動，那是很有意思的一周集體生活！

我們在度假村宿營，住的是十人大房上下鋪，我們每晚在牀上跳上跳下，快樂極了！

每天我們要早早起牀，進行隊列操練，學習正步走、跑步走、隊列轉彎等技巧。上午有技能訓練，下午要學習文化，歷史地理科學語文，各種課程都有。

最有趣的是我們要學習自己煮一頓飯。這是我們在家從來沒做過的。我們班的男孩們鬧出了很多笑話：有的企圖用肥皂去洗

米，有的把嫩嫩的菜葉都摘掉當垃圾，有的把糖當做鹽下鍋……但是大家各自獻策，七手八腳還是能湊成一頓飯。

最後一晚，我們在廣場上舉行篝火晚會。活動導師要大家去營地背後的小山坡上撿柴回來點火，他說：「每人都要撿到兩束乾柴，撿少了就點不起篝火，眾人拾柴火焰高啊！」

我們都捧着滿滿兩手的樹枝、乾草回來，堆在廣場中央。活動導師起初只點燃了幾根樹枝，隨後把我們撿回來的樹枝都丟進篝火裏，樹枝越多，火就越旺。熊熊烈火照亮了廣場，映紅了我們的臉。大家圍着篝火唱歌跳舞，表演各種節目，這真是快樂的一晚啊！

釋義

眾人拾柴火焰高——若是大家都往一堆火上添柴，火焰就會燃燒得很旺，比喻人多力量大。

例句

鄰國發生特大地震，社會各界紛紛發起捐款救災。雖然一個人力量有限，但是眾人拾柴火焰高，短時間內也籌到了一筆可觀的數目。

三個臭皮匠頂個諸葛亮

故事類型：**古籍記載**

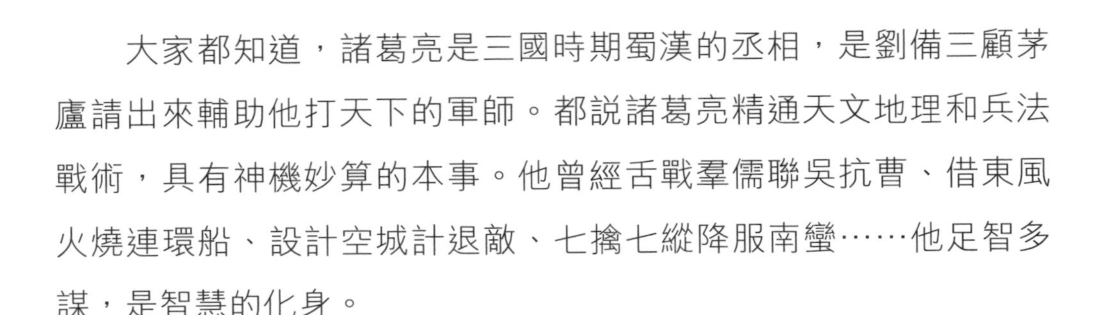

大家都知道，諸葛亮是三國時期蜀漢的丞相，是劉備三顧茅廬請出來輔助他打天下的軍師。都說諸葛亮精通天文地理和兵法戰術，具有神機妙算的本事。他曾經舌戰羣儒聯吳抗曹、借東風火燒連環船、設計空城計退敵、七擒七縱降服南蠻……他足智多謀，是智慧的化身。

可是這位智慧之神也有遇到難題的時候，看看他的問題是如何解決的吧！

傳說有一次諸葛亮帶兵出征，走到一條大河邊，河上沒有橋，河水湍急，激流翻滾，水中冒出多塊鋒利的礁石，行軍隊伍被阻在河邊。

打前站的工兵馬上運來小船和竹筏運兵，可是那些船和竹筏一下水就被激流沖得七歪八倒，很多都觸礁翻了船。

諸葛亮站在岸邊一籌莫展。天色已暗，只好下令在岸邊紮營休息，並派人到附近尋訪村民討教解決辦法。

幸好找到了三個經驗豐富的皮匠，按照他們的建議，買來多頭大牛，剝下牛皮縫好後往裏面吹氣，做成一個個牛皮筏。牛皮硬不怕礁石碰撞，這樣的筏子比小船和竹筏結實多了。諸葛亮的部隊就用這辦法渡過了大河繼續前進。

人們感歎道：三個臭皮匠，頂個諸葛亮！

釋義

三個普通人湊在一起集思廣益，也能想出好辦法，連聰明的諸葛亮都無法解決的難題，他們都能解決。比喻人多力量大，心齊出智慧。也說成是「三個臭皮匠，賽過諸葛亮」。

例句

全班推選我們三個鬼主意最多的人寫劇本，我們都沒經驗，只好湊在一起討論，三個臭皮匠，頂個諸葛亮，居然寫出了劇本！

一個好漢三個幫 一個籬笆三個樁

故事類型：**古籍記載**

戰國時，齊國宰相田嬰的兒子田文聰明能幹。有一天他對父親說：「我家很富有，但是門下沒有真正有用的人，對齊國沒什麼貢獻。」

田嬰覺得兒子說得很對，便讓他主持家政。田文廣招賢人集於門下，最多時家中有門客三千人，都是有一技之長的。田嬰過世後田文繼承父親的薛公爵位，號稱孟嘗君。

秦王聽說田文能幹，便請他來秦國當宰相。有人說：「他畢竟是齊國人，這樣做是很危險的。」於是秦王要殺田文。田文找到秦王的愛姬求情，那位姬子要田文送她一件白狐皮袍，但是那皮袍已經送給了秦王！

田文身邊的一位門客是個能扮狗的盜竊能手，他不費吹灰之力偷出了那件白狐皮袍獻給了那位姬子。經姬子求情，秦王放了田文。

田文連夜逃到關口，但是關口大門要到日出才開放。這時秦王卻反悔了，派兵追來。田文的另一名門客擅長假裝雞叫，他一張口叫，四周的公雞也一同叫起來。守衛的士兵以為天亮了，便打開關口，田文一行得以逃命。

後來，田文的另一名門客以田文的名義到薛地燒毀了百姓的所有債據，贏得了人心，當田文遭到齊王貶職後便有了退路；那門客又游說了梁王聘請田文當宰相，齊王得到消息後以重金請田文回來任相達數十年之久。

孟嘗君田文的故事，說明一個好漢都要三個幫，一個籬笆都要三個樁。

（見《史記・孟嘗君列傳》）

釋義

一個好漢三個幫，一個籬笆三個樁——一道籬笆要有三根樁子分別在頭、尾、中部撐住才能站穩，比喻個人的力量是單薄的，一個有本事的人都要有朋友幫助才能成事。

例句

多虧幾個朋友幫他找到人修理樂器，還為他湊錢買了特價機票，他才能順利去國外比賽。真是一個好漢三個幫，一個籬笆三個樁啊！

授人以魚不如授人以漁

故事類型：**生活故事**

安徽省西部的大別山區是一個歷史悠久的貧困區。這裏多山地少耕地，僅有的一些山坡地上種些茶樹、竹子和雜糧，但是交通不便，出產的茶葉、竹製品很難運送出山。百姓靠在湖裏打魚為生。

遇上河水氾濫成災的年頭，房屋和坡地上僅有的莊稼都被沖垮，百姓的日子就更是雪上加霜，苦不堪言。

那一年，一個國際扶貧工作隊來到山村，見到村民的情況，馬上救濟了一批生長期短的魚苗，希望能儘快增加漁民收入。可是人算不如天算，那年夏天暴雨成災，把漁民魚塘裏的魚苗都沖走了。

扶貧隊開會商量，覺得發放魚苗不是解決問題的好辦法，授人以魚不如授人以漁，要讓漁民們掌握先進的養魚方法才是脱貧的關鍵。

於是扶貧隊在村裏推廣科學的網箱養魚，把魚苗放在網狀的箱子裏養大，不會流失，生長得快，又可按照市場需要選擇品種飼養。魚箱用本地竹子製造，成本很低。漁民們沒有養魚經驗，扶貧隊還開培訓班傳授技術，並協助漁民開闢銷售渠道。

如此三四個月後漁民們就有漁獲了，那一年村民們的收入翻了三倍，改善了生活。他們衷心感激扶貧隊的無私幫助。扶貧隊還教他們「自助助人」，把成功的網箱養魚經驗介紹到鄰村去，幫助其他漁民一起脱貧。

釋義

給窮人一條魚不能解決根本問題，教他如何養魚、賣魚等本領，才是幫助他脱貧的最好辦法。這裏的「魚」和「漁」是不同的概念，「魚」是一條實體的魚，而「漁」是指從事漁業。意思是幫人要有技巧，要幫在根本、解決關鍵問題。

例句

林敏常常去問明強英文生詞的讀法，明強索性教他如何拼讀，這樣林敏就學到拼讀的技巧，感歎道：「授人以魚不如授人以漁啊！」

千里之行始於足下

故事類型：**古籍記載**

東漢時期有位名臣叫陳蕃，他的祖父是朝廷大官。受祖父影響，陳蕃在少年時就胸懷大志，一心想革新時政，為國効勞。

十五歲那年，有一天，陳蕃父親的一位朋友薛勤來他家作客，聽說陳蕃很好學，便到他房間去看看他。

薛勤進了陳蕃的房間，見他正坐在桌邊看書。書桌上、地板上、書架上堆滿了書，房間凌亂，而且到處是灰塵和雜物，骯髒

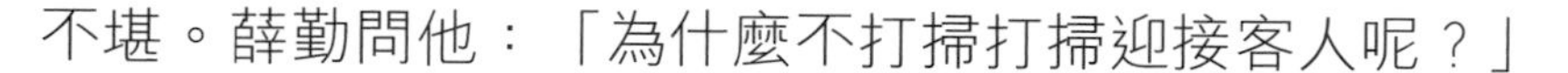

不堪。薛勤問他：「為什麼不打掃打掃迎接客人呢？」

陳蕃回答說：「大丈夫在世，應當清除天下的垃圾，怎麼能只顧一間屋？」

薛勤心中佩服他振興國家的志向，但也不客氣地教訓他說：「一間屋子都清理不好，怎麼能清天下呢？道家創始人老子說得好：參天大樹是從幼枝開始長大的，九層高台是用一筐筐土堆起來的，千里之行始於足下，小事做不好，是難以成就大事業的。」

長輩的教導如醍醐灌頂，使陳蕃受益匪淺。日後他為官時作風踏實，為百姓辦實事辦好事；他剛正不阿，不畏強權，不顧個人生死安危，常常向朝廷直言上諫，不斷與專權的外戚以及奸猾的宦官鬥爭，為此得罪了很多人，最終因剷除宦官失敗而斷送了性命。

釋義

千里之行始於足下——行走一千里遠的路程，是從踏出第一步開始的。比喻事物是逐步發展起來的，不能輕視小事情，遠大理想的實現是要從小事做起的。

例句

很多大師都是在年輕時拜師傅做徒弟，千里之行始於足下，從基本功學起，勤學苦練，精益求精，才使技術達到爐火純青的地步。

一言既出駟馬難追

故事類型：**古籍記載**

這句諺語是孔子的得意門生子貢説的。

子貢，姓端木，名賜，字子貢，是春秋末年的衞國人。孔子有七十二個有名的弟子，子貢是「孔門十哲」中的一名，無論從政、治學、外交、經商，都很精通。

子貢的特點是口齒伶俐，語言犀利，善於雄辯。魯國將受齊國進攻前夕，他曾經臨危受命，游説齊、晉、吳、越幾國君王改變初衷，使魯國轉危為安。

子貢還善於經商，辦事幹練，做人誠實，「君子愛財取之有道」成為後世商界的信條。

有一次，衛國大夫棘子成與子貢閒談時說：「大家都在議論怎樣才算是個君子。我認為只要人品好就行了，不需要有什麼好的口才文采！」他的話中流露出對子貢的不服氣。

子貢回答說：「棘大夫啊，你說這話之前沒好好考慮，一言既出駟馬難追啊！我認為君子既要有人品，也要有文采口才。就看眼前這塊皮草吧，上面有兩種動物的皮，瞧，這是羊皮，那是虎皮，兩種皮毛的紋彩完全不同。假如把有紋彩的毛都拔去，那麼兩種皮看起來就沒什麼不同了。所以文采是重要的。」

棘大夫想了想說：「你的話有道理。」

釋義

駟馬，套着四匹馬拉的車，這當然比一匹馬拉的車跑得快得多。這句諺語本意是說話前要好好考慮造成的影響，說得是否妥當。說錯了話是追不回來的。不過後來這句諺語都用以告誡人們說話要算數，說了就要做到。

例句

大丈夫一言既出駟馬難追，我說了月底前能完成這項任務，我就一定能做到。

人心不足蛇吞象

故事類型：**民間傳說**

傳說古時候，有個孩子名叫象，從小父親病死，全靠母親替人洗衫縫衣賺錢來過日子。

等象到了上學年齡母親便送他去讀書。象讀書很用功，回家就幫着做家務，很孝順母親。

有一天，象在回家的路上見到草叢中有一條小青蛇受了傷不能動彈。象小心翼翼地把牠捧起，帶回家和母親一起為青蛇洗傷口，塗上藥膏，治好了牠。青蛇成為他家的一分子，陪伴象成長為一條大蛇。

象的母親得了肝病，發病時痛得直打滾。醫生說治好這病的唯一良藥是要吃兩片蛇的肝。青蛇知道了，就張着大口，示意象到牠肚中切割兩片肝。象不忍心傷害牠，起初不肯這樣做，但是青蛇一再纏着他，於是象就帶了一把小刀鑽進蛇肚中，割下兩片蛇肝，青蛇忍着疼痛，始終張着大口。母親服下蛇肝後，果然不痛了。

象擔心母親的病還會復發，便對青蛇說：「請你讓我再割幾片備用吧。」青蛇為了報答象的救命之恩，點頭答應了。

但是象進入蛇肚後，一連割了好幾片蛇肝還不停手，青蛇實在忍不住鑽心的劇痛，嘴巴一閉上，貪心的象就活活悶死在蛇肚中了。青蛇愧對象的母親，化作一條青龍飛上天空消失了。

釋義

人心不足蛇吞象——這句諺語告誡人們不要貪婪，貪心不足、過分要求就沒有好下場。

例句

這免費禮物限定一人一份，你已經破例拿了兩份，還嫌不夠啊？人心不足蛇吞象，別太貪心了呀！

一失足成千古恨

故事類型：**古籍記載**

唐伯虎是明代著名的畫家、詩人、書法家，是江南四大才子之一。「一失足成千古恨」這句諺語出自他本身坎坷的經歷。

唐伯虎出身於商人家庭，自幼聰明好學，才華橫溢。但是二十歲時連續遭受到父母、妻子、妹妹相繼去世的打擊，家境也隨之衰落下來。他一度意志消沉，沉溺飲酒作樂。在好友祝枝山的鼓勵下，他振作起來用功讀書，鑽研學問，二十九歲在鄉試中考到了第一名解元。

第二年他赴京參加會試，卻發生了一件意想不到的災禍，改變了他的命運。

富家子弟徐經邀請唐伯虎坐他的船一起赴考，兩人一路談得很投契，成為了朋友。到京城後，他們去拜會一位姓程的大學者，他正巧是這次會試的主考官。

這次會試的題目很生僻，很多考生都答得不好，但是有兩篇文章特別出色，原來是唐伯虎和徐經寫的。這件事引起他人的懷疑，經過追查，原來是徐經賄賂了程考官，得到了試題，轉告了唐伯虎。

為此唐伯虎一度坐牢，出獄後他無臉回家鄉，四出遊蕩一年多。之後專注作山水畫和書法，達到很高造詣。他感歎道：「一失足成千古笑，再回頭是百年人！」後人把這句話説成是「一失足成千古恨」。

釋義

一失足成千古恨——失足，不慎犯了錯誤，誤入歧途；千古，永遠的意思。一次犯錯或墮落，就會造成不能彌補的遺憾，終身悔恨。原文是「一失足成千古笑」，後人都稱為「一失足成千古恨」。

例句

年輕人學成後到社會服務要明辨是非，永走正道，謹慎交友，千萬不要一失足成千古恨啊！

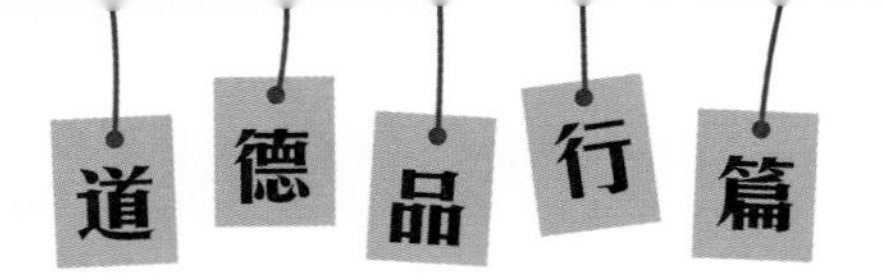

浪子回頭金不換

故事類型：**民間傳說**

明朝有個財主，老年得子後為孩子取名叫天賜。全家都很寵愛天賜，卻使他變成一個驕橫奢侈的孩子，長大後終日遊手好閒，不聽父母和老師的教導。

財主夫婦逝世後，天賜更是整天與一班酒肉朋友花天酒地，縱情玩樂，漸漸把家產都花光了，只得乞討為生。

天賜後悔了，決心重新學習好好做人。他帶着家中僅留下的幾本書流落在外，風餐露宿。一個冬夜裏，飢寒交迫的他昏倒在街頭。

一位姓王的紳士發現了他，把他接到家中救醒，聽了他的身世後很同情他，便留他在家中做女兒臘梅的家庭教師。天賜認真地教臘梅讀書，但是時間一長，他的劣根性又復發，時常喝酒，還調戲臘梅。

王紳士把天賜叫過來，說要他帶一封信給在蘇州一孔橋的表兄，還給了他二十兩銀子作盤纏。天賜到了蘇州，找不到一孔橋，拆開那封信一看，上面寫的是：「當年路旁一凍丐，今日竟敢戲臘梅；一孔橋邊無表兄，花盡銀錢不用回！」

天賜很慚愧，決定發奮讀書，並出外打工掙錢。三年後他進京考上了舉人，也積蓄了二十兩銀子，便回到王紳士家呈上一封信請罪。

信上在王紳士原來的四句詩後加上了四句：「三年表兄未找成，恩人堂前還白銀；浪子回頭金不換，衣錦還鄉做賢人。」

釋義

浪子回頭金不換——浪子，指一些整日遊蕩、無所事事，甚至做壞事的人；回頭，就是及時覺悟、痛改前非，重新做人。假如浪子能改過自新，那是比黃金還珍貴的。

例句

有些人一時糊塗走上歪路，做了錯事，只要真心悔改，還能做一番事業為社會服務，是很可貴的，浪子回頭金不換啊！

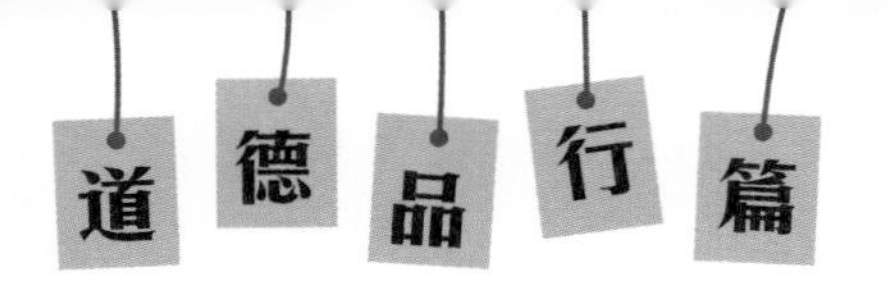

放下屠刀　立地成佛

故事類型：**佛教故事**

據說古代有一個名叫趙玄壇的收稅官，為人兇暴，貪得無厭，每到一家，就要戶主殺雞宰豬供他大吃，不然就拳打腳踢，百姓都被他逼得苦不堪言。

一天他來到一戶農家，戶主正要抓隻母雞來煮給他食，可那母雞飛也似的逃跑了。戶主只好給他煮些剛挖到的新鮮竹筍吃。誰知竹筍正要下鍋時，那隻母雞突然出現了，還躍上爐台，打翻了鍋。

趙玄壇覺得奇怪，問戶主竹筍是哪兒來的？戶主帶他到竹林裏去，驚見在他挖筍的地方盤踞着一條大毒蛇！趙玄壇跪在地上長歎：「老天本要滅了我，不記仇的母雞卻救了我！」

從此他改惡從善，去到一個清貧的小廟跟隨一個老和尚修行了二十一年，每天為村民做許多好事。

那天趙玄壇到山下去借火種。村民見他餓得很衰弱，便給了他一個飯團。歸途中，一隻老虎突然撲向他，趙玄壇對老虎説：「假如你想吃我，就張開嘴巴，等我把火種和飯團送去給師傅，回來就進你的嘴。」老虎搖搖頭。趙又説：「假如你想當我的坐騎，那就趴下，等我救了師傅再回來。」老虎點點頭趴下了。

趙玄壇快快回去把飯團給師傅吃，又生了火，再回到那裏騎上老虎。那時天上金光四射，老虎緩緩騰空向西飛去。老和尚向着天空笑道：「你終於放下屠刀，立地成佛了！」

釋義

這本是一句佛教語，佛學裏的「屠刀」是指人們心中的貪念、嗔恨和愚癡，若能放下這些，便是覺悟了的「佛」，修成正果了。後來發展成為勸人改惡為善的諺語。「立地」，是唐宋口語，意思是「立刻」。

例句

這個殘暴成性、殺人不眨眼的強盜，居然能放下屠刀，立地成佛？真是天大的奇跡！

若要人不知 除非己莫為

故事類型：**古籍記載**

這句諺語出自東漢名臣楊震説的話。

楊震的父親是一名隱士，一心研究學問，不追求功名。楊震受父親的影響，博覽羣書，博學多才。幾十年間州郡幾次禮聘他出任官員，都遭他拒絕。直到五十歲那年，他見朝廷風氣轉好，才入朝任職。

楊震為官清廉公正，處處為民着想，從不收人錢財辦私事。有人勸他購置些產業為子孫造福，他回答説：「讓後世人説他們是清白官員的子孫，難道不好嗎？」

最為人稱道的是「楊震四知」的逸事。有一次楊震到一個縣巡視，縣長是他以前的弟子王密。王密混跡官場多年，按慣例覺得討好這位恩師有助於自己日後的仕途，便手提十斤黃金在深夜拜訪楊震。

楊震說：「你我是老朋友了，我很了解你，你怎麼不了解我？」

王密說：「您收下吧，這件事別人不會知道的。」

楊震說：「天知、地知、你知、我知，怎麼說沒人知道呢？」

說得王密羞愧得離開。

楊震曾多次上奏朝廷直言時弊，結果遭到奸臣陷害，被安帝革職，遣返回家。途中他感歎自己不能為國出力除害，無臉見人，服毒自盡了。

「楊震四知」被後人轉化為警世諺語：若要人不知，除非己莫為。

（見《資治通鑑．漢紀．永初四年》）

釋義

若要人不知，除非己莫為——意思是凡是幹了壞事，就一定會暴露出來，隱瞞不了的。要想別人不知道，那就自己不要做。

例句

三個歹徒深夜潛入商店偷竊，以為人不知鬼不覺。不料一人不慎遺下錢包，很快被警察抓獲破案。真是：若要人不知，除非己莫為！

初生之犢不怕虎

故事類型：**古籍記載**

這句諺語出自三國時期關羽對曹魏武將龐德的評價。

劉備稱漢中王後，封了關羽、張飛等五人為「五虎大將」，又積極備糧擴軍，準備進軍中原。曹操聯合東吳孫權要來進攻荊州，劉備與諸葛亮商量對策，諸葛亮建議令五虎將之首關羽帶兵攻打襄陽和樊城，荊州之危自會化解。

關羽攻下襄陽，乘勝進軍樊城。曹操派大將于禁和龐德帶七隊兵馬去救援樊城。

忠心的龐德為了表示英勇作戰的決心，叫人準備了一口棺材隨軍帶去，說：「我只有以死來報答魏王的厚愛。這次去與關羽決戰，不是他死就是我死！」

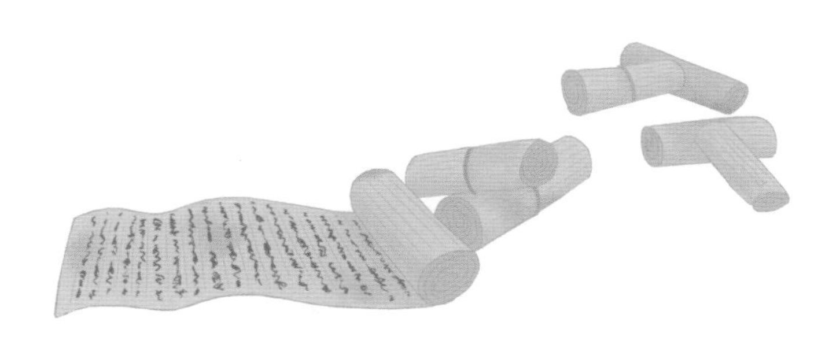

龐德到了樊城，點名要與關羽對戰。他一連兩次與關羽打得難解難分，打了百餘回合不分勝負，還用箭射傷了關羽。關羽回到營地對手下説：「龐德是初生之犢不怕虎，年少氣盛，必須用計來打贏他！」

那時連日大雨，漢水猛漲，關羽便把漢水下游堵住，圍着樊城牆又建了一道土牆，引漢水進入兩牆之間。洪水越漲越猛，越過城牆把樊城浸泡成水城。曹軍的七隊兵馬全軍覆沒，于禁投降。龐德奮勇抵抗，箭射完了就用大刀拼殺，被活捉後寧死不投降，最後被關羽斬死。

釋義

初生之犢不怕虎——犢，小牛。牛打不過老虎，但是剛出生的小牛不知道老虎的厲害，敢與老虎比量。比喻年輕人閱歷淺，顧忌少，大膽創新，敢想敢做，無所畏懼。

例句

社區中心的義工隊增添了一批年輕人，他們都有一股初生之犢不怕虎的勁頭，對義工隊的活動和發展提出了一些很好的建議。

有則改之　無則加勉

故事類型：**古籍記載**

這是孔子的晚期弟子曾參説的一句話。

曾參是春秋時期魯國人，和父親一起拜孔子為師。曾參為人憨厚，木訥少言，舉止穩重，待人謙恭，還是一位出名的孝子。臥冰求魚的故事傳頌千古——有一年冬季，他母親病重想吃魚，曾參脱去上衣，赤裸地躺在結了冰的河面上，用體溫化開了冰層，捉魚回家孝敬母親。

曾參努力學習，而且德行修養很好，深得孔子喜愛。孔子在晚年選擇了曾參來繼承自己的學問，傳授他儒家思想的核心，告

訴他許多自己晚年關於孝道的想法。曾參把它整理成《孝經》，這本書成為儒家經典之一。

曾參主持編輯《論語》一書，他在傳述孔子思想的同時也加入自己的論點，他曾經説：「我每天要三次反省自己：為別人辦事是不是盡忠了？與朋友交往時有沒有守信用？老師教的道理我有沒有實習？有則改之，無則加勉。」

曾參堅持做人要誠實守信，自己説了的話一定要做到。有一次曾參的妻子哄騙孩子説趕集回來會殺豬煮肉給他吃。孩子盼了一天，但是母親回來後卻沒有殺豬。曾參説：「答應了的事就要辦好，大人連這點都做不到，怎樣教育孩子呢？」結果他真的殺了一頭豬，並分給鄉親們一起吃。

釋義

有則改之，無則加勉——當別人批評你，指出你的缺點、錯誤時，如果你有，就改正；如果沒有，就勉勵自己、警誡自己不要犯這樣的錯。

例句

我們要平心靜氣聽取朋友的批評，有則改之，無則加勉，朋友這樣做都是為了幫助你。

近朱者赤　近墨者黑

故事類型：**古籍記載**

大家都知道孟母三遷的故事。孟子小的時候，他母親為了他的教育費盡心思。

起初他們住在偏遠郊區的墓地附近，孟子就跟着小伙伴們學着大人辦喪事——跪拜、號哭、供祭……母親看了很不高興，覺得這些不是小孩子應該做的事，便帶着孟子搬到市區裏熱鬧的商業區居住。

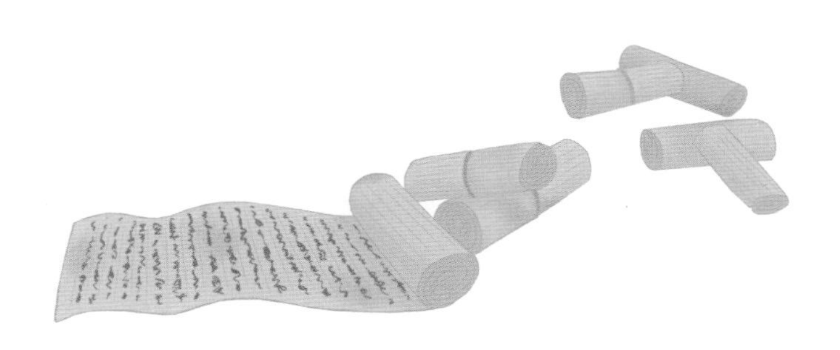

孟子每天看着商人們的活動，也和小朋友們學着玩做買賣的遊戲——如何笑臉迎人、如何討價還價……母親歎道：「我的孩子不能學這些！」便又搬到了學校附近，孟子每天聽到朗朗讀書聲，也開始嚮往學習，從此用功讀書，後來成為戰國時期一位著名的學問家。

由此，孟子深深體會到環境對一個人成長所起的重要作用。日後，孟子在與一個國君傾談時，就運用近朱者赤，近墨者黑的道理，勸他要好好考察身邊的親信，選擇正派人士來辦事。如果國君周圍都是明白事理的好人，國君就一定能為國為民辦好事；如果國君周圍都是心存歪念的小人，那麼國君就很難做好人辦好事了。

釋義

朱，指朱砂，一種暗紅或鮮紅色的礦物原料，古人用以辟邪、祈福、開運，也有解毒防腐的醫藥作用。靠近朱砂的東西會變紅，靠近墨汁的東西會變黑，比喻環境對人有很大的影響，也比喻要謹慎交友。

例句

做父母的都非常謹慎地為子女選擇學校，要求校風正派、師資優良，因為近朱者赤，近墨者黑，環境對孩子的成長很重要啊！

入芝蘭之室，久而不聞其香；入鮑魚之肆，久而不聞其臭

故事類型：**古籍記載**

這句話出自孔子對他的弟子曾參說的一段話。

有一次，孔子在與弟子曾參談話時，提到了另外兩位弟子。他說：「我死了之後，估計子夏會進步很多，但是子貢卻會退步。」

曾參聽了覺得很奇怪，便問道：「您為什麼這樣說呢？」

孔子說：「你看，子夏喜歡與一些賢明的人交往相處，而子貢卻是總與那些比他差的人為伍。你知道嗎？假如你不了解一個人的兒子，只要看他的父親是個怎樣的人；不了解某個人，只要

看他交的是哪些朋友；不了解一國之君，只要看他使用哪些人。同樣的，不知道這塊土地好不好，只要看地上的草木長得好不好。所以説，假如你和好人在一起，就好比入芝蘭之室，久而不聞其香，因為你被好人同化了；假如你和壞人長久相處，就好比入鮑魚之肆，久而不聞其臭，因為你也被壞人同化了。收藏朱丹的人會染上紅色，時常用黑漆的人會沾到黑色。因此，道德高尚的君子必須謹慎交友，好好選擇與自己交往的人啊！」

曾參聽了連連點頭稱是。

（見《孔子家語・六本》）

釋義

芝、蘭，都是有芳香味的香草；鮑魚指帶腥臭味的鹹魚；肆是店鋪。在有芳草的房間裏待久了，就感覺不到香味；同樣的，在賣鹹魚的店鋪裏待久了，也就不覺得臭了。意思是一個人很容易被自身所處的環境同化。

例句

一位親戚從國外回來，説這裏的空氣質素差，只是我們入芝蘭之室，久而不聞其香；入鮑魚之肆，久而不聞其臭，住慣了才不覺得。

將軍額上能跑馬
宰相肚裏好撐船

故事類型：**古籍記載**

這兩句諺語出自兩個歷史故事。

「將軍額上能跑馬」的故事跟北宋的大將軍狄青有關。狄青從小和哥哥相依為命，他曾經代替哥哥去坐牢，額頭上被刺了字作為懲罰。

出獄後狄青去從軍，因能力出眾，獲提升為大將軍。但是因為他臉上的刺青，軍中很多將士私下議論紛紛。狄青的副將要求狄青嚴懲那些將士，狄青一笑置之，說：「我額上有刺青是事實，被人笑笑不算什麼。作為軍隊統帥，我期望將士們英勇作戰，他們只要不違軍紀，即使在我額上跑馬也可容忍的。」他的寬容大度感動了大家，從此「將軍額上能跑馬」就流傳下來。

「宰相肚裏好撐船」的故事就跟戰國時期的廉頗和藺相如有關。

戰國末期，秦王想奪取趙國的一塊和氏璧，說願意用十五座城來交換。趙王進退兩難：給了碧玉，怕秦王說話不算數，白白失去了碧玉；不給碧玉，又怕秦王打過來。藺相如奉命帶着和氏璧去秦國，憑着他的勇氣和智慧「完璧歸趙」，沒讓秦王佔了便宜，維護了趙國的尊嚴。

藺相如回國後，獲趙王任命為上卿，職位在戰功赫赫的大將軍廉頗之上。廉頗很不服氣，揚言若是見了藺相如，一定要侮辱他。藺相如以國家利益為重，處處忍讓廉頗，說兩虎相鬥會削弱趙國國力，只對秦有利。廉頗知道後很慚愧，上門負荊請罪，之後兩人成為好友。「宰相肚裏能撐船」就傳為佳話。

釋義

跑馬本需要廣闊的空間，航船也要遼闊的海洋，至於有才德的將軍和宰相就要胸襟寬廣，氣量大度，能夠寬容他人的過錯。比喻待人處事寬宏大量，寬厚仁慈。也常有此兩句連用：大人不記小人過，宰相肚裏好撐船。

例句

他剛才說的話無意中冒犯了你，你就寬容一點，別跟他計較了，將軍額上能跑馬，宰相肚裏好撐船嘛！

禮到人心暖 無禮討人嫌

故事類型：**民間傳説**

宋朝抗金兵的岳家軍中有一位英武的將軍，名叫牛皋（粵音高）。他是農民出身，經常打獵，又長練武功，擅長騎馬射箭。南宋初期金兵南下侵犯時，他聚眾抗金，後來加入岳飛部隊。

牛皋生性純樸憨厚，滿懷報國熱情，作戰英勇，深得岳飛敬重與信任，一直擔任岳家軍的副帥。岳飛被害後他還堅持抗金，可惜最後也被秦檜害死。

牛皋性格中有魯莽、暴躁的一面，為此得罪過不少人。傳説有一次行軍時他打頭陣先去探路，騎着他心愛的黑馬走到一個岔路口不知該如何選擇，剛巧見到路旁有個老人，牛皋便在馬上吼道：「喂，老頭子，小校場在哪兒？」

老人見他如此無禮，很生氣地説：「你這個冒失鬼，怎麼講話的？」

牛皋還是大聲問道：「小校場還有多遠？」

老人用手一指右方，氣憤地説了兩個字：「無禮！」

牛皋聽成了「五里」，便向右策馬而去。

過了一會兒，岳飛隨後趕到，也在此遇見老人。他下了馬，對老人施了禮，恭敬地説：「請問老人家，是否見到剛才有個騎黑馬的人往哪邊去了？」老人見岳飛很有禮貌，就耐心地為他指路，隨即嘀咕了一句：「禮到人心暖，無禮討人嫌啊！」

釋義

禮到人心暖，無禮討人嫌——禮貌周到會使人感到温暖、親切、愉悦，而沒有禮貌會讓人討厭、嫌棄。禮貌是溝通人們心靈的橋樑。

例句

講究禮儀是中華民族的美德，記住：禮到人心暖，無禮討人嫌。要禮貌待人，不要做個惹人討厭的人啊！

路見不平　拔刀相助

故事類型：**古代小說**

元末明初有一部長篇小說《水滸傳》問世，描寫宋朝一百零八名好漢聚集梁山反抗朝廷的事，它是中國四大古典名著之一，流傳很廣。

一百零八名好漢中有一位名叫林沖，原是軍隊的槍棒教練，長得英武勇猛如虎豹，人稱豹子頭。

有一次，林沖被壞人陷害，遭發配外地。照例新犯人要挨一百下棒打，奇怪的是有個年輕獄卒為他求情免了這頓打，還給他送來豐富的酒菜下肚，又給他熱水洗澡。林沖以為在行刑前先款待他一頓，但是接連五天都是這般優待，他心中納悶，叫來人要問個明白。

那個年輕獄卒來了，一見林沖就拜倒在地，自我介紹說他叫施恩，在東門外熱鬧地區快活林開了一家客店，生意很好。但是前兩天有個姓張的團練帶了一個武藝高強的打手蔣門神，前來把他一頓毒打，霸佔了客店。施恩說：「我知道豹子頭林沖一向為人仗義，路見不平就拔刀相助，想不到今日能相遇，懇請林爺為我作主。」

林沖很同情施恩，立即答應為他復仇。快活林一路有十幾家酒店，林沖每到一處就要喝酒三碗，說是一份酒一份氣力。到了施恩的客店，他大打出手，打得蔣門神連聲求饒。快活林酒店終於歸還了施恩。

釋義

路見不平，拔刀相助——路上見到惡人欺負弱者，就挺身而出幫助受害人，也即打抱不平，是人們讚頌的俠義行為。

例句

有個的士司機跟旅客在路邊爭論，乘客懷疑他多收了錢，爸爸路見不平，拔刀相助，弄清事情的來龍去脈，終使貪心的司機退回多收的錢。

人不為己　天誅地滅

故事類型：**創作故事**

今天的晚飯桌上，曼婷興沖沖地告訴爸媽：「我今天學到了一件重要的事。」

爸媽靜聽她的解釋。她卻先考考爸爸：「你知道『人不為己，天誅地滅』是什麼意思嗎？」

爸爸毫不猶豫回答：「人不為自己謀利，就會遭到天殺。」

曼婷哈哈大笑：「爸爸大錯！你不想想，自古以來聖賢都是教導我們與人為善，為什麼這句話教我們要人人自私呢？」

「對呀！」媽媽也表示奇怪。

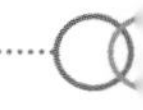

曼婷得意地說：「原來這句話的意思和我們平時理解的完全相反！」

爸爸好奇地問：「真的？快說來聽聽！」

「這裏的『為』，應該讀成『行為』的『為』，意思是『修養、修德、正心』，所以全句的意思是：假如一個人不好好修養自己的品德，那是天地所不容的。」

「哦，原來是這樣！你是怎麼知道的？」

「今天語文老師教諺語時說的。這是出自佛經的兩句話，可是上半句很少人知道。全文是：人生為己，天經地義；人不為己，天誅地滅。」

爸爸歎道：「這就清楚了，也說得通了：人都要修養品德，這是天經地義的事，不這樣做，就要被上天懲罰了。」

媽媽說：「這句話一直被人誤解誤傳，被曲解成自私行為的藉口，太遺憾了！應該為它正名！」

釋義

人不為己，天誅地滅——佛家「為己」的概念是：不殺生、不偷盜、不邪淫、不妄語、不貪欲……意思是不做壞事。全句的意思是，人人都要注重自己的品德修養，不做壞事，不然就為天理不容，無法在世上立足。

例句

孔子說過：古代的學者是為了修養自己，現今的學者是為教育別人。這些話可能就是「人不為己，天誅地滅」這句諺語的來源。

一桶水不響 半桶水晃蕩

故事類型：**創作故事**

復活節假期，軒華兄妹倆跟爸媽回老家去探望祖父母。

祖父母的房子後面是一個菜園，種了各種各樣的蔬菜瓜果，餐桌上吃到剛摘下的茄子、豆角、番茄、黃瓜、甜椒……樣樣都鮮甜。媽媽説那是城裏人吃不到的。

飯後，軒華爸爸帶着兩兄妹去挑水來灌溉菜園。

爸爸用一根竹扁擔挑了兩個水桶，到了河邊裝了水挑回來。

兄妹倆跟在後面，只見兩隻水桶晃呀晃的，很多水都潑了出來，打濕了爸爸的鞋。回到家裏，桶裏只剩下小半桶水了。

祖父說：「你這樣挑水效率太低，看我的！」說着接過扁擔往河邊去，兄妹倆又跟着，想看看爺爺是怎麼做的。

只見爺爺很麻利地裝滿了兩桶水，輕輕鬆鬆地一路挑回來，兩桶水竟一點也不晃蕩，沒有水滴潑出來。

軒華感到很奇怪：「怎麼爸爸挑水回家，桶裏水少了很多，爺爺的兩桶還是滿滿的？」

爸爸解釋了：「桶裏裝滿了水，沒有空氣了，分量也重，晃不起來。裝得不滿的水分量輕，一搖動就會晃蕩。我第一次挑，只裝了半桶水試試。」

爺爺笑着說：「這就叫：一桶水不響，半桶水晃蕩。做人也是這樣啊！有本事的人出聲少，沒本事的人總愛吹噓自己。你們別做半桶水啊！」

釋義

一桶水不響，半桶水晃蕩——這句農家諺語比喻真正有學問有本領的人、踏踏實實做事的人是謙虛謹慎的，不愛聲張，不愛誇耀自己；反而那些一知半解、自以為是的人，才會浮躁虛誇，愛吹噓自己。

例句

在剛才的研討會裏，有人誇誇其談，內容貧乏；有人言簡意賅，幾句話就突顯出深厚的功底。真是「一桶水不響，半桶水晃蕩」啊！

失敗是成功之母

故事類型：**名人故事**

世界著名發明家愛迪生的事跡，是「失敗乃成功之母」這句諺語最好的詮釋。

愛迪生從小愛動腦筋愛發問，以致回答不了他問題的老師認為他笨，不適合在學校讀書。

愛迪生在家自學，愛上了化學和物理，嘗試進行各種各樣的實驗，並開始有了不少的發明——定時發報機和雙重發報機、留聲機、電影、電動筆、電燈等等。

這些發明成果都不是輕易得來的，都要經過無數次的試驗，從失敗中總結經驗教訓，不屈不撓地堅持下去，才能獲得最後的成功。

十九世紀那時，人們用煤氣燈或蠟燭照明，不安全而且價錢昂貴。愛迪生決心要改良照明方法。他帶領團隊一次次進行試驗，尋找可以發光的材料。他們用過一千六百種物質，從各種金屬到人類的毛髮，都不成功。失敗了八千多次時，有的同伴洩氣了，但是愛迪生說：「每次失敗中我們都學到了東西，知道這些材料是不合適的，那我們就另想辦法，失敗是成功之母呀！」

最終，愛迪生用棉紗烤成的碳絲製出了能燃燒四十五小時的燈泡，後來又不斷改良，終於發明了可以點燃一千二百小時的竹絲燈泡。這是愛迪生對世界最偉大的貢獻。

釋義

失敗是成功之母——做一件事失敗了，先要有積極的心態，不被失敗打垮，而是接受教訓，找出失敗的原因加以改正，再接再厲，繼續努力，一次次失敗積累了經驗，才能取得最後的成功。

例句

這次網球比賽拿不到名次，不要灰心呀！好好反省失敗的原因，繼續努力，還有很多機會的，失敗是成功之母呀！

只要功夫深 鐵杵磨成針

故事類型：**民間故事**

相傳唐代大詩人李白年幼時就顯露了非凡天資，受到眾人寵愛，滋長了驕傲自滿情緒，讀書不用心，很貪玩。

有一天，七歲的李白在私塾裏上課時，偷偷溜出去玩。

他走到一條小溪邊，看見一位白髮蒼蒼的老婆婆坐在溪邊，兩手抓住一根鐵棒，在一塊大石上來回磨動。

李白感到很奇怪，問道：「婆婆，您在做什麼呀？」

「在磨針啊。」老婆婆說。

「您要把這根鐵棒磨成針？」李白不相信自己的耳朵。

「是啊，我的縫衣針丟了，這裏又買不到，我就自己來磨一根。」老婆婆說。

「啊？這要磨到什麼時候啊？不可能吧！」李白以為老婆婆在說笑。

老婆婆一本正經地說：「我已經把一根杵磨成這根小棍了，只要工夫深，一定可以磨成針的。」

「哎呀，婆婆，您真有耐心啊！」李白很佩服。

「做事情就要有耐心，沒有耐心，什麼也做不成。」老婆婆說。

李白聽了大受感動，聯想到自己對待學習的懶散態度，覺得很慚愧。從此他變得主動努力，認真讀書，心中一直記着老婆婆的話：只要功夫深，鐵杵磨成針；沒有耐心，什麼事也做不成。

釋義

只要功夫深，鐵杵磨成針——杵，是用來舂米或洗衣時敲打衣服的棒。這句諺語比喻只要有決心，肯下功夫，具有耐心和毅力，天大的難事也能做成。

例句

這篇朗誦文章很長，難度較高，但是只要你每天練習，反覆琢磨，一定會表達得很好的。只要功夫深，鐵杵磨成針呢！

有志者事竟成

故事類型：**古籍記載**

這是東漢開國皇帝劉秀讚揚大將軍耿弇（粵音梗掩）的一句話。

耿弇少年時就喜歡舞劍弄刀、學習兵法。後來投奔劉秀從軍。劉秀光武帝即位後拜耿弇為大將軍。

當時是東漢建國初期，各地有武裝割據，國內很不太平。耿弇主動向劉秀建議由他率軍去平定齊地一帶的草寇張步集團，解除對朝廷的威脅，並擬定了一個詳盡的作戰計劃。劉秀雖然覺得這個計劃很好，但是也擔心二十六歲的耿弇太年輕，挑不起這副重擔。礙於眼前沒有更合適的人，只好答應了他。

耿弇善於用兵，又英勇奮戰，一路消滅了兩個地方武裝部隊，渡過黃河直向張步大本營進伐。耿弇運用聲東擊西的戰術連收兩城，逼得張步親自出馬迎戰。

戰場上戰況激烈，耿弇的腿上中了一箭。為了不影響軍心，他揮劍砍斷了箭杆，繼續指揮作戰，終於徹底打敗了張步，回到營地後才叫人拔出了箭頭。

齊地太平了。劉秀在眾將面前誇獎耿弇說：「以前你向我建議要平定齊地，我還覺得計劃太大，怕你實現不了。今天你達到了目的，有志者事竟成啊！」

釋義

有志者事必成——胸懷大志的人，只要立志堅定，堅持不懈努力，百折不撓地奮鬥，就一定能達到成功的目的。這是我們常說的一句勵志話。

例句

韻詩在新年伊始就定下目標：一年之內要考到八級水平，於是她每天練琴兩小時，從不間斷，有志者事竟成，到年底時果然考到了！

三日打魚兩日曬網

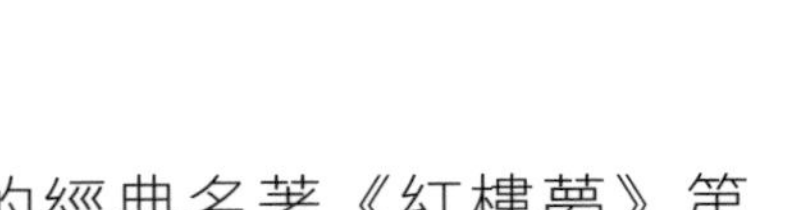

故事類型：**古代小說**

這句諺語出自清代小說家曹雪芹寫的經典名著《紅樓夢》第九回，說的是紈絝（粵音元庫）子弟薛蟠上學的事。

賈府裏有一間學堂，是早年祖先設立的，意在教育當時四大家族的子孫後代。族內有官職的人每年要提供銀兩，作為學堂經費；族中家境貧困的子弟可免費入學。學堂聘請了一位屢次考科舉都失敗的老先生當教師。

賈寶玉無心向學，很討厭去學堂讀書。但是，自從賈府來了一位與他年齡相仿的男孩秦鐘，兩人很要好，寶玉便願意和他一起去上學了。

薛蟠是憑着親戚關係來到賈府的一個少年，是寶玉的表親。他幼年喪父，母親溺愛，造成他驕橫奢侈，好逸惡勞。他整天遊

山玩水，鬥雞騎馬，只上過幾天學，略識幾個字，曾經把「唐寅」的名字念成「庚黃」，是個典型的花花公子。

他進入賈府後，知道府內有個學堂，裏面是一羣貴族子弟，好奇心起，便也要去讀書。不過，他只是借此機會結交一些他中意的男孩，一起玩玩，上學是三日打魚兩日曬網，經常蹺課。他從來不認真讀書，家長白白送銀兩給學堂老師，而薛蟠在學識上根本沒有什麼進展。

《紅樓夢》第九回就是寫在這個學堂裏發生的一連串荒唐事。

釋義

三日打魚兩日曬網——漁夫不出海打魚的日子，便在海邊曬漁網。這句諺語比喻工作或學習沒有恒心堅持下去，常常中斷，做了幾天就停了下來，斷斷續續做不長。

例句

母親對兒子説：「你願意去學跆拳道很好，但是千萬別三日打魚兩日曬網，要不怕苦堅持學啊！」

人勤地生寶
人懶地生草

故事類型：**民間傳說**

相傳古時候在一個村莊裏有兩戶相鄰的農家，各自有幾畝農田。東面那家的夫婦倆每天早出晚歸，在田地種上了水稻，另闢了一塊地，種上各式蔬菜瓜果。家中兩老人和兩小孩也是好幫手，幫着做些雜活。

一家六口齊心協力，勤勞工作。他們按時播種、灌溉、施肥、除草，所以稻田和菜園的收成都很好，稻米收穫夠全家人吃一年；菜園裏種瓜得瓜，種豆得豆，全家人生活得愉快、健康、知足。

住在西邊的那家雖然只有夫妻倆，農田也不小，但是家境淒涼。為什麼呢？因為這家的男人是個懶漢，整天好吃懶做，不喜歡幹活，嫌農活累和髒，寧願躺在牀上睡大覺，飯來張口衣來伸手。妻子只得自己去耕種，但是她力氣有限，只能用一小片土地種些易種易收的玉米雜糧，勉強夠兩人過日子。大片土地上野草叢生，不見莊稼。人們感歎道：兩家對比，真是人勤地生寶，人懶地生草！

有一天，西家的婦人要回一次娘家，她烙了一張大大的玉米餅，用繩子串起掛在丈夫頸上，預計可給他吃上兩天。可是等她回家一看，丈夫餓得奄奄一息，原來他吃掉了胸前半個餅後，竟不想用手把另一半的餅轉上來吃，懶得寧願餓死！

釋義

人勤地生寶，人懶地生草——農民若是勤奮耕耘，地裏的莊稼就長得好，能夠豐收；假如懶怠消極不善耕種，地裏就長滿了野草，沒有收成。此句諺語勸喻人們要勤勞工作。

例句

舅舅在新界租了一塊農地，說要體驗農民生活。媽媽說：「你要堅持下去，人勤地生寶，人懶地生草，不要讓農田變了荒地呀！」

讀書破萬卷 下筆如有神

故事類型：**古籍記載**

這是唐代大詩人杜甫一首詩的句子。

杜甫從小好學並善作詩，有神童之稱。公元748年，三十七歲的杜甫到長安應試，由於奸臣作梗，參加考試的文人全部落選。杜甫在長安奔走十年，無法實現自己的政治理想，鬱鬱不得志，就想離開長安外遊。他寫了一首詩向欣賞他關心他的韋左丞（韋濟）告別，詩名《奉贈韋左丞丈二十二韻》。

杜甫在詩中敘述了自己的才學，可惜仕途失意、抱負不得實現，而且生活貧困，內心苦悶，由此抨擊社會的黑暗。

他在詩中寫道：

「那些富家的紈絝子弟不會餓死，但貧寒的文人大多耽誤了

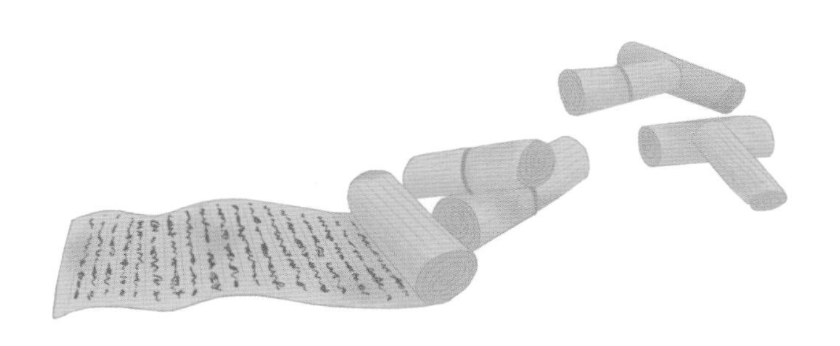

自己。我在少年開始就發奮努力，讀書破萬卷，下筆如有神，詩詞賦可與古人相比。自以為能出類拔萃、身負重擔，輔助君王使社會風俗變得淳樸。但是理想落空，我騎驢行走三十年，在長安救助不得，以殘湯冷飯為生，看盡人世淒涼。忽然有機會應召投考，卻又橫遭挫折，好比飛鳥失翼跌落，鯉魚躍不過龍門。您常在百官面前誦讀我的詩篇，我愧對您對我的一片真心。我不能再如此胡鬧下去，我要離開西秦，奔向東海，如白鷗飛翔萬里，誰能把我馴服？」

這是杜甫留給後世一千四百首詩中很重要的一首自敘詩。

釋義

書讀得多，學識淵博，下筆寫文章時就好比有神助，能寫得精彩。所以要想寫好文章就要多讀書。古人對「破」字有三種解釋：突破（博覽羣書）、磨破（反覆閱讀把書都讀爛了）、識破（精讀深切理解書中道理）。

例句

想提高寫作水準的唯一法門就是多看書。讀書破萬卷，下筆如有神，這是古人的經驗。

少壯不努力 老大徒傷悲

故事類型：**古籍記載**

「少壯不努力，老大徒傷悲」這句諺語流傳很廣，激勵了很多年輕人發憤圖強，可是很少人知道它的來歷。原來這是漢樂府《長歌行》中最重要的一句。

樂府，最初在秦朝設立，是一個專門管理音樂舞蹈表演及訓練教育的機構，西漢漢武帝時正式成立，負責採集民歌或詩人寫的詩歌，配上音樂來吟唱。這些詩就叫樂府詩。現存的漢樂府詩有四十多篇，反映當時百姓的日常生活和思想感情，是中國敘事詩的起源。

《長歌行》的原詩是這樣的：

青青園中葵，朝露待日晞。陽春布德澤，萬物生光輝。

常恐秋節至，焜黃華葉衰。百川東到海，何日復西歸？

少壯不努力，老大徒傷悲。

詩裏面以花園中的葵葉來比喻人生，在春天受到陽光雨露的滋潤，生機勃勃，長得茂盛；但到了秋天就衰落了。這就像人的一生，由年輕到衰老。詩歌再用河水東流不會回頭，比喻時間一去不復返，警告人們在年輕力壯的時候就要努力，不要到年老時為自己的一事無成而後悔和悲傷。這後兩句是全詩的主旨。

釋義

少壯不努力，老大徒傷悲——人在年輕的時候不努力向上、發憤圖強，到了老年再後悔和傷心也沒用了。少壯，指十幾歲到三四十歲的年齡段；徒，白白地、徒勞的意思。

例句

我們要趁身強力壯時努力做一番事業，有所成就，千萬別「少壯不努力，老大徒傷悲」啊！

青出於藍而勝於藍

故事類型：**古籍記載**

北魏時期的後魏有一位著名的學者李謐（粵音物），他從小勤奮好學，少年時期就博覽諸子百家的經書，十八歲時去拜博士孔璠（粵音凡）為師。

孔璠門下有很多學生，所以一開始並沒有特別留意李謐。有一次李謐來向孔璠討教，兩人傾談到晚上，孔璠就說：「天已晚了，你索性在我書房住一晚，明天再走吧。」李謐同意。

孔璠一清早起來，看見書房裏還亮着燈，原來李謐看了一晚書，沒睡覺。孔璠為他的勤奮學習勁頭所感動，覺得這孩子一定會有出息。

李謐如飢似渴地學習，學識突飛猛進，對學到的知識能融會貫通，舉一反三，常常有他獨到的理解和心得，同學們有問題都來請教他，有時連老師孔璠也自歎不如。

有一次孔璠在書中發現一個問題想不明白，就問李謐是怎麼理解的？李謐起初不敢回答，孔璠很誠懇地説：「孔子説『三人行，必有我師』。我們一起切磋學問，你不必有顧慮。」李謐就詳細作了解釋，令孔璠信服。

後來有朋友對孔璠説：「你這個大學者向學生請教，不怕被人笑話？」孔璠很坦然地説：「荀子説過，青出於藍而勝於藍。學習為了求知，老師不是固定的，誰的知識多，誰就是老師。」

釋義

青出於藍而勝於藍——靛青是從藍草中提煉出來的，但是比藍草還要青，顏色更好看。這句常用於比喻學生的學習成果超過老師，晚輩比前輩更傑出。

例句

爸爸教兒子打網球，一年之後兒子的球藝超過了爸爸，爸爸歎道：真是青出於藍而勝於藍啊！

三百六十行 行行出狀元

故事類型：**生活故事**

陸步軒曾經在大學考試中，以文科第一名的優異成績進入中國著名的高等學府北京大學。四年學習生活結束後踏入社會，做過幾份工，都不很稱心，最後他選擇了當屠夫賣豬肉。報紙上一篇《北京大學畢業生在街上賣豬肉》的報道，在全國引起了轟動。十年後，他回母校演講自己的創業史，並捐助十億元用作學校建設。

無獨有偶，陳生也是北大畢業生，走出校門後在政府部門工作。後來他毅然辭去穩定的工作去經商，最後也加入屠宰行業，兩年內在廣州開了近百家豬肉連鎖店，身價百億，被稱為「殺豬才子」。

陸步軒和陳生在一次偶然的場合相識，兩人一拍即合，攜手合作發展屠宰事業。他們在網上用輕鬆的方法講授有關豬肉的知識，又開辦訓練班，編寫專業教材，請專家講授營養學、烹飪學、市場行銷學、禮儀學，要培養出「通曉整個產業流程的高素質屠夫」。

人們感歎説：三百六十行，行行出狀元。這兩位不是簡單的屠夫，他們把屠宰業做成藝術，提升到高素質水平。這是社會進步的表現，一個人能在工作中體現自己的價值，能發揮自己的潛力，做任何一行都能成就一番事業。

釋義

行，行業，指社會分工的各種職業，三百六十是一個約數。狀元，指古代中國科舉考試中得到進士第一名，即是頂尖人物。全句的意思是只要熱愛自己的工作，努力鑽研，誰都可以做出成績來，成為該行業的專家。

例句

從這幾位傑出青年身上，我們可以看到「三百六十行，行行出狀元」，他們都在本職工作上下了苦功，才有傑出的成就。

一寸光陰一寸金 寸金難買寸光陰

故事類型：**古籍記載**

這是一句老少婦孺皆知的諺語，卻很少人知道它竟出自一位僅二十歲的少年筆下。

晚唐詩人王貞白是江西人，自小勤奮好學。他曾經在江西的名山——廬山五老峯下的白鹿洞埋頭苦讀。白鹿洞其實不是一個山洞，只是處於山谷之間的一塊平地。那裏風景秀麗，幽靜雅致，是專心讀書的好地方。中唐詩人李渤曾在此以一頭白鹿相伴攻讀，由此得名。

王貞白也到這裏住了一段時間靜心讀書，期間他寫了一首詩叫《白鹿洞》：

讀書不覺已春深，一寸光陰一寸金。

不是道人來引笑，周情孔思正追尋。

意思是：我在專心致志讀書，不知不覺中春天已經快要過去了。時間過得真快，莫要浪費如同黃金一樣寶貴的光陰啊。是白鹿道人來引我一笑，才使我從探究周公、孔子的思想情懷中停了下來，看看身邊的春天景色。

這首短詩寫得幽默輕鬆、天真淺顯，生動地顯示了少年詩人珍惜光陰、忘我攻讀的情景。後人加上了「寸金難買寸光陰」一句，使得主旨更為清楚。

王貞白就在二十歲那年考上了進士，曾隨軍出征，寫下很多邊塞詩。後來他辭職隱居鄉間，建立了書院傳授學生，是江西四大詩人之一。

釋義

一寸光陰，指古代計時的日照儀上日影移動一寸，即是很短的時間。一寸時間的價值可比一寸長的黃金，但是一寸黃金買不到稍縱即逝的時間。意思是時間寶貴，應該珍惜時間，別虛度年華。

例句

古人教導我們一寸光陰一寸金，寸金難買寸光陰，意思是要趁年輕時抓緊時間立志於學，可別浪費了寶貴的青春啊！

好記性不如爛筆頭

故事類型：**古籍記載**

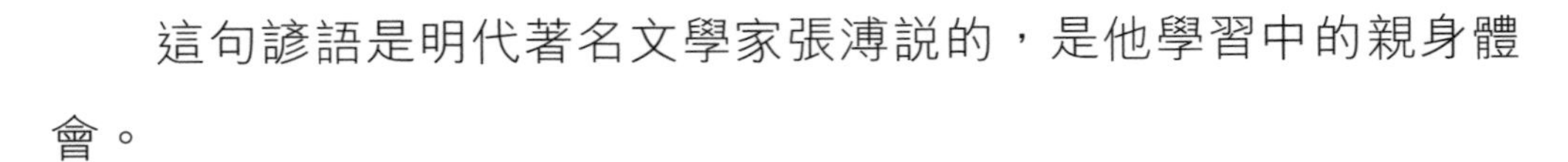

這句諺語是明代著名文學家張溥説的，是他學習中的親身體會。

張溥出身在官宦之家，自小立志要奮發圖強，努力讀書，盡忠報國。

他讀書有驚人的毅力和獨特的辦法——每讀一本書，他必定要用毛筆把全書從頭到尾抄寫一遍，抄完後反覆朗讀，一直到他

把全書背出，就把手抄本燒掉；過幾日若是忘了其中一部分，他就再重頭把全書抄一次，抄完再背。如此，每本書大約要抄六七次才能完全背出。他的書齋就命名為「七錄齋」。

他抄書很辛苦，右手握筆的手指和手掌都磨出了老繭，冬天兩手的皮膚都因受凍而乾裂，每天都要用熱水浸泡雙手多次。毛筆也被他用壞了好幾枝。

別人問他：你為什麼要抄書呢？張溥回答説：「一定要經過自己手抄，才能深刻理解書的內容，才能銘記在心。好記性不如爛筆頭，這枝爛筆頭幫助了我的好記性呢！」

後來張溥果真有一番作為：他關心時政，成為學生運動的領袖，成立社團反對亂黨害國，企圖文人救國；文學方面主張復古風格，著述三千多部。可惜他的一腔愛國熱忱沒能挽救搖搖欲墜的明朝。

釋義

毛筆用久了筆頭就破爛，但用爛筆頭作記錄，也比單靠記憶強。因為我們可能會遺忘或記錯；而用筆記錄下來的不會消失。此句原意是説用筆抄書能幫助記憶，後來轉化成告誡人們不要過分相信自己的記憶力，要勤於用筆做記錄。

例句

明強上課不愛寫筆記，小玲説：「好記性不如爛筆頭，別太信任你自己的記憶力，考試前要溫習時你就知道筆記的好處了。」

刀不磨要生鏽 人不學會落後

故事類型：**古籍記載**

北宋時江西有個方仲永，生在農民家庭。在他五歲之前，從來沒有接觸過筆墨紙硯等文具。一天，他忽然哭着要父親給他紙筆。父親感到奇怪，向鄰居借來了紙筆給他。仲永提起筆來寫了四句詩，表示要贍養父母、團結族人的意思，還署上了自己的名字。同鄉的秀才們都來看了，嘖嘖稱奇。

仲永的詩興大發，若有誰指名一樣事物，他馬上能以此為題寫出詩句來，詩的文采和主旨都很好。眾人都稱他是神童，從此把仲永父子倆視為嘉賓，熱情招待，還有人出錢購買他寫的詩作墨寶保存。

仲永的父親嘗到了甜頭，就帶着仲永到處遊走賣詩，不讓他上學讀書。當時著名的文學家王安石與仲永是同鄉，而且年齡一樣。王安石曾跟隨父親回鄉去見仲永，請他寫詩。那時仲永已經十多歲了，但是寫出來的詩很平庸，失去了幼時所寫詩的風采。

又過了七年，王安石再次回鄉，問起仲永的情況。人們告訴他說，仲永已經和普通人一樣，沒什麼特別了。

於是王安石寫了一篇散文《傷仲永》感歎道：仲永的天賦遠遠超過一般人，但是他沒受到後期的教育，結果變成普通人了。

後人說，仲永的悲劇是「刀不磨要生鏽，人不學會落後」的典型例子。

釋義

刀不磨要生鏽，人不學會落後——刀具長時間使用而不磨，就會生鏽不鋒利；人如果長時間不學習，就會落後、退步。

例句

很多被人稱為神童的孩子，成名後不再努力進取，放鬆了學習，所以變得平庸了。看來真是「刀不磨要生鏽，人不學會落後」啊！

天下無難事 只怕有心人

故事類型：**古代小說**

相傳大家所熟知的孫悟空，是從東勝神洲花果山上的一塊巨石中蹦出來的一隻石猴，他帶領羣猴住在水簾洞裏，整日食瓜果、飲山泉，無憂無慮，快樂無比。眾猴拜他為美猴王。

猴王聽説仙山古洞中有神仙能長生不老，就決心出發去尋找神仙學此本事。

經過八九年的漂泊，猴王在西海靈台方寸山的三星洞內，找到須菩提祖師，拜他為師學道，祖師為他取名孫悟空。悟空在這裏跟着師兄們學習言語禮儀、講經論道，焚香拜祭，還擔水種菜澆花，就這樣過了七年。

一日，祖師見悟空聽講時心領神會，就問他想學些什麼道？祖師説的術字門、流字門、動字門、靜字門的道，都不是長生不老的道，悟空就都不要學。祖師覺得自己與悟空有緣，便單獨教了他長生不老的口訣和七十二變的本領，悟空也苦修苦練。

悟空為祖師表演了飛舉騰雲的本事，但是只飛了三里路。祖師説這只是爬雲，真正的騰雲是要在一日之內遊遍四海。悟空叫道：「這個太難了！」祖師説：「天下無難事，只怕有心人。」悟空就拜道：「請師傅傳授，我決不忘恩。」於是祖師教了他一個筋斗走十萬八千里的筋斗雲，悟空運神練法，學會後自由逍遙了一生。

（見《西遊記》第二回）

釋義

天下無難事，只怕有心人——天下，天底下，指世界上。世上沒有所謂的難事，只要你有決心、有信心、有毅力，肯用心思去做，任何事情一定能辦到，困難總能被克服。

例句

這首歌雖然比較難彈，而且距離比賽只有一個月，時間很緊，但天下無難事，只怕有心人，只要每天堅持練習，相信你能彈好的。

台上一分鐘
台下十年功

故事類型：**生活故事**

你看過中國著名的民族舞蹈家楊麗萍表演的《孔雀舞》嗎？她身穿華麗燦爛的孔雀舞服，用輕盈細膩的舞姿表達了鳥中之王孔雀那高貴優雅的形象，生動形似，如詩如畫，純淨柔和，滿溢藝術之美，令人歎為觀止。

台上這幾分鐘的成功表演，凝聚着楊麗萍幾十年如一日的辛勤努力。

楊麗萍是白族人，雲南少數民族能歌善舞的風氣孕育了她。她從小喜歡舞蹈，因家庭貧困，她從沒進過舞蹈學校受訓練，完全是跟着族人學，自己苦練成才的。

十三歲時，楊麗萍被選入西雙版納州歌舞團，她一直想用舞蹈表達家鄉的美麗，傳遞大自然的信息。她用了七年的時間走訪了雲南各地農村。這段生活是非常艱苦的，往往是在原始森林中行走，林中瘴氣迷漫、悶熱得令人窒息，毒蛇猛獸隨時會出現。日間她和農民一起下田勞動，晚上為他們演出，又學習各民族的舞蹈。

在傣族地區，她看到了舞蹈前輩表演的孔雀舞，深受感動，決心選擇孔雀作為她的舞蹈表現形式。她認真觀察孔雀的日常生活、喜好習性、一舉一動；她每天練功，反覆揣摩如何以優美的肢體動作來表達，終於創作出《孔雀舞》，紅遍國內外。

這真的是台上一分鐘，台下十年功啊！

釋義

台上一分鐘，台下十年功——演員在舞台上的表演哪怕只有一分鐘，其實在上台之前他要苦練多年才能保證表演成功。意思是任何成功的得來要靠長期堅持不斷的努力。

例句

雜技團的表演很精彩，看得我心驚肉跳。媽媽説，台上一分鐘，台下十年功，為了這一分鐘，不知他們苦練了多少次啊！

一年之計在於春 一日之計在於晨

故事類型：**古籍記載**

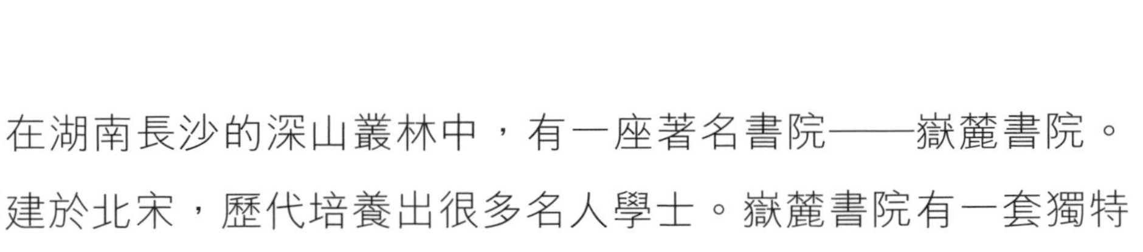

在湖南長沙的深山叢林中，有一座著名書院——嶽麓書院。它創建於北宋，歷代培養出很多名人學士。嶽麓書院有一套獨特的教育目標和方法，明確規定學生不是為了培養追求功名利祿的官員，而是為了培養出能治理國家、福澤民眾的人才，所以書院始終把對學生的倫理道德教育放在首位。

清代中期，理學大師李文照擔任嶽麓書院院長的時候，曾寫了一篇《勤訓》，文中引用了北宋哲學家邵雍的話，勸誡學生要珍惜光陰、勤奮學習。

文中寫道：

謀生的道理，最重要的是勤奮。所以邵先生説過：「一年之計在於春，一日之計在於晨，一生之計在於勤」，話雖淺顯，但是意義很深遠。

但是人之常情往往是好逸惡勞，喜歡吃好的、穿好的，玩樂度日，虛度光陰。做農民，不能深耕地除雜草；做工人，不能按日工作取得成效；做商人，不能把握時機獲得利潤；當讀書人，不能立志向學努力實踐。這樣白白生活在世上，不過是無用的蛀蟲罷了！

天地萬物要日日更新才不凋敝。所以轉動的門軸不朽，流動的水不臭。人的心力也是如此。辛勞了會思考，安逸了就昏迷，這是常情。聖人大禹和賢人陶侃都珍惜一分一秒的時間，何況那些不如他們的人呢？

（見《恒齋文集》）

釋義

計，計劃、打算、開始。在一年之初的春天就要計劃安排好這一年自己的工作，春天播種秋天就有收穫；每天的早上是最好的時光，經過一夜的休息，頭腦清醒、精力充沛，要利用早晨的時間安排好這一天的計劃，開始勤奮學習。

例句

新的一年要來了，我們要擬訂新的學習計劃，正所謂一年之計在於春，一日之計在於晨，每年和每天都要有個好的開始。

書到用時方恨少

故事類型：**古籍記載**

這句諺語是出自明代一本道家兒童啟蒙讀物《增廣賢文》的<勤奮篇>，原文如下：

有田不耕倉廩虛，有書不讀子孫愚。

寶劍鋒從磨礪出，梅花香自苦寒來。

少壯不經勤學苦，老來方悔讀書遲。

書到用時方恨少，事非經過不知難。

意思是：有田不去耕種，倉庫裏就沒有糧食了；有書不去讀，子孫就變得愚昧了。寶劍不斷磨煉才能鋒利，梅花在嚴冬才

散發出清香。少年時不勤奮學習，年老時會後悔讀書太遲了。運用知識時才會覺得太不夠，事情不是親身經歷就不知道有多難。

最後兩句是南宋詩人陸游寫的一副勸勉對聯，文字淺顯易懂，但是含義深刻。上句勸人要勤學，下句是強調實踐的重要，「知」和「行」缺一不可，光學不做是無益的。陸游在他另一首詩《冬夜讀書示子聿》中說：「紙上得來終覺淺，絕知此事要躬行」，也是這個意思。

《增廣賢文》編輯了從古到今的各種格言、諺語，經過明、清兩代文人的增補修訂，是一本民間創作的結晶、古代佳句的集錦，對普及文化知識、培育青少年起了不可估量的積極作用。

釋義

書到用時方恨少——讀了書到真正運用知識的時候，才知道自己的知識還遠遠學得不夠，後悔以前沒有多學一些。所以平時要勤奮學習，多多充實自己，要運用時才能得心應手。

例句

父親要我在課餘多看些課外書，他說：「在課堂上學到的知識是遠遠不夠的，書到用時方恨少，趁年輕時多多學習吧！」

聽君一席話 勝讀十年書

故事類型：**民間傳說**

這句諺語出自一個有趣的民間傳説。

古時候有一名秀才赴京去參加最後一關的狀元考試。他家境貧困，沒錢僱用驢馬代步，也沒有書童，一路上只能住在最廉價的民宿。

有一晚他路經一個小村莊，天色已晚，但他身上已經沒有錢。正在徬徨之時，有個樵夫在回家路上見了他，熱情地邀請他到自己家留宿。

聽説秀才是赴京去應考的，樵夫就跟他開玩笑説：「你如果能答得出兩個問題，就有希望考中狀元。」秀才笑道：「好啊，不妨説來試試。」

樵夫問：「萬物都有雌雄，那麼，大海的波和浪，哪個是雌，哪個是雄？高山上的松和梅，哪個是公，哪個是母？」

秀才被問得目瞪口呆，只得請教樵夫。

樵夫説：「很簡單。波大於浪，波是雄，浪是雌。松有公字，是公；梅有母字，是母。」

秀才覺得好笑，但也佩服樵夫的聰明。

到考試時，秀才打開試卷一看，試題竟然就是關於水和樹木的雌雄問題！其他秀才一籌莫展，這名秀才胸有成竹，一揮而就，考得狀元。

他備了厚禮回到村莊感謝樵夫，還親手寫了一塊匾，上題：聽君一席話，勝讀十年書。

釋義

聽了你的一番話，讓我受益良多，比讀了十年書的收穫還要大。這裏用了誇張的手法來稱讚對方的學識。君，在此泛指人；席，古時沒有座椅，客人來了就在地上鋪一張席子，席地而坐傾談。所以原文應是「與君同席一番話，勝讀十年書」，後來為了文字對仗而簡化。

例句

黃教授演講一結束，學生都圍上去向他道謝，説：「聽君一席話，勝讀十年書。您的話使我茅塞頓開，知道了很多做人的道理。」

當局者迷旁觀者清

故事類型：**民間故事**

這句諺語出自明末清初的思想家陳確的著作《陳確集》中的一個故事。

相傳古時候，有甲、乙兩人在大樹下着棋，兩人的棋藝都很不錯，有時甲贏，有時是乙勝，殺得難解難分。

這時丙走了過來，他也是一個棋迷，便站在一旁觀戰。

甲的攻勢原本不錯，但怎想到乙走出一步棋，威脅到將帥了。甲嚇了一跳，低頭凝思着對付的辦法。

甲苦想很久，站在旁邊的丙忍不住了，指着棋盤説：「走這一步，起死回生！」

乙不高興了，説：「觀棋動眼不動口，你不知道嗎？」

「對不起，我情不自禁了！」丙誠懇地道歉。

丙的建議果真使甲挽回了殘局，乙雖然心中不痛快，但也暗暗佩服丙。兩人就邀請這位高手坐下來殺一盤。

丙分別和甲乙兩人對弈了一盤，出乎大家的意料，丙的棋藝不怎麼樣，兩盤都輸了。

作者陳確感歎道：「下棋的人雖然棋藝高，但是求勝心切，會被蒙蔽了眼；旁觀者雖然本領不強，但是因為心無顧慮而能看得準確。所以，凡是考慮事情時顧慮利和害，考慮得越多，反而越不周全，會走偏了道。小事況且如此，何況國家大事呢！可見，當局者迷旁觀者清啊！」

釋義

局，棋局；當局者，下棋的人；旁觀者，看棋的人。正在下棋的人有時因為考慮利害得失而迷惘，而站在一旁觀棋的人卻客觀、冷靜，能看清全盤棋局。比喻當事人往往陷入主觀片面，感到糊塗；而局外人能看得清楚。

例句

對於這件事情我們都沒有解決的辦法，不如去請教一下德高望重的黃老先生，當局者迷旁觀者清，也許他能給我們一些啟示。

一粥一飯
當思來處不易

故事類型：**古籍記載**

這句諺語出自《朱子家訓》，又名《朱子治家格言》、《朱柏廬治家格言》，是明末清初一位著名的理學家、教育家朱柏廬所寫的啟蒙教材。

朱柏廬的父親是明朝末年的一位學者。在清兵破城攻入的時候，他投河自盡，表現出學者的愛國氣節。朱柏廬自小努力讀書，長大後曾考取秀才，但是清朝滅明後他就不想做官了，住在鄉間研究理學，手寫幾十本教材教授學生。他不求名利，幾次拒絕了康熙皇帝的召見。

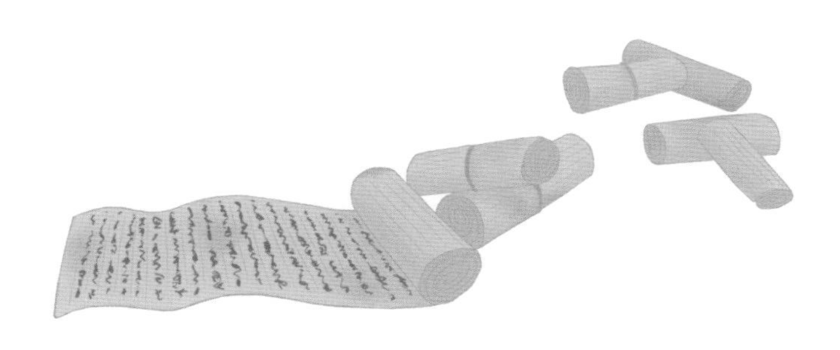

《朱子家訓》全文只有五百二十四字，文字簡明易懂，以修身治家為宗旨，教育後代如何做人處世，譬如要尊敬師長、勤儉持家、和睦待鄰等，是家庭道德教育的啟蒙教材。

全文有三十多條格言警句，當中流傳較廣的一條「一粥一飯，當思來處不易；半絲半縷，恒念物力維艱」，即是教導我們要珍惜眼前享受的飯食衣着，這些物資的產生是很艱難的。尤其是前一半的內容，很常用。

這些格言對仗工整，朗朗上口，問世後流傳很廣，成為清代至民國的兒童必讀課本之一。

釋義

吃飯喝粥時，應該想到這些飯食是來得不容易的，要經過農民的辛勤耕作，打出糧食後還要經過運輸、貿易等多道手續才能到我們手中。所以要節約糧食，不能浪費。與唐詩「誰知盤中飧，粒粒皆辛苦」意思相同。

例句

挑食的弟弟吃肉包子時，只吃肉餡，不吃包子皮。媽媽說：「一粥一飯，當思來處不易。你要知道這些糧食不是容易得來的，要珍惜啊！」

塞翁失馬　焉知非福

故事類型：**古籍記載**

戰國時期，在西北邊疆地區住着一位老人，他很喜歡馬，家裏養着幾匹馬。

有一天，馬廄裏的一匹好馬掙脱了韁繩跑掉了。鄰居知道了之後，紛紛來安慰老人。但是老人説：「丟了一匹馬沒什麼大不了的，可能還會給我帶來福氣呢！」

大家聽了覺得很奇怪，明明是不幸的事，怎麼會是福氣呢？大概是老人在安慰自己吧！

過了幾天，那匹失蹤的馬自己跑回來了，還帶來一匹駿馬。鄰居們前來祝賀，都説老人有眼光，真有福氣。

但是老人説：「白白得了一匹好馬，不見得是好事，也許會惹出禍來呢！」

果然，第二天，老人的獨生子騎着這匹馬出去，策馬飛奔的時候從馬背上掉了下來，摔斷了大腿。鄰居們又都來慰問。老人説：「雖然摔斷了腿，但是保住了性命，還真是福氣呢！」大家都覺得老人説話不合常理。

北邊的匈奴人來犯，村裏的年輕男子都要應徵入伍，很多人為國犧牲了。不過，老人的兒子因為是瘸腿的傷殘人，免了兵役，保全了性命。

所以人們感歎道：塞翁失馬，焉知非福啊！

（見《淮南子・人間訓》）

釋義

塞翁失馬，焉知非福——塞翁，住在邊疆的老人；焉，這裏用作疑問詞，是「怎麼」的意思。比喻壞事在一定條件下也能轉化為好事，一時的損失，可能反而會帶來好處，禍福是相對的。

例句

去旅行的航班取消了，大家都很沮喪。不料下午傳來當地發生海嘯的消息，爸爸説我們避過了一場災難，真是塞翁失馬，焉知非福！

射人先射馬 擒賊先擒王

故事類型：**古籍記載**

這句諺語通常被認為是一種兵法策略，在「三十六計」中第十八計「擒賊擒王」也是由此而來。其實它的出典居然是唐代大詩人杜甫的詩。

當時唐朝國力強盛，唐玄宗好大喜功，開始對外擴張開拓疆土，連年征戰，百姓受苦。杜甫反對玄宗這樣做。他曾跟隨唐朝的大軍去跟西北吐蕃人打仗，眼見戰鬥之慘烈殘酷，痛心疾首，回來寫了《前出塞九首》，其中最著名的是這第六首：

挽弓當挽強，用箭當用長。射人先射馬，擒賊先擒王。

殺人亦有限，列國自有疆。苟能制侵陵，豈在多殺傷？

這首詩的前四句寫了打仗的取勝之法——殺敵的武器要拉最強的弓，用最長的箭，才有最大殺傷力；對付騎兵要先射中他的坐騎，征服敵軍要先捉住首領。

可是後面四句卻是筆鋒一轉，批評唐玄宗的窮兵黷武政策：殺人應有限度，每個國家都有自己的邊疆，只要阻止了敵人侵略領土，何必過多殺傷人呢？

杜甫在詩中表達了自己的觀點：用精良的武器、智慧的戰術有效地打擊侵略者，但是反侵略也應當適可而止，不應過多殺人。這也是現實主義詩人杜甫一貫憂國憂民、仁愛為懷的偉大胸襟的體現。

釋義

射人先射馬，擒賊先擒王——想射倒騎兵，就先射他的馬；要消滅敵人，就先抓獲主帥。這句諺語說的是一種戰術，比喻要解決難題，就要首先抓住關鍵，擊中要害，才能成功。

例句

古人說射人先射馬，擒賊先擒王，要渡過工廠的難關，就要抓住主要矛盾，解決關鍵問題——資金，有了它，其他問題就迎刃而解。

人無遠慮必有近憂

故事類型：**古籍記載**

這句諺語本是孔子説過的一句話。在三國時期，東吳主孫權也曾用此句讚揚大將呂蒙。

呂蒙是一位自學成才的將軍。他出身貧困，讀書不多就參軍，因英勇作戰而屢建戰功。孫權勸他多讀些書，他果真發奮攻讀，成為一位智勇雙全的將才，令人刮目相看。

呂蒙曾多次協助孫權出謀劃策，成功抵擋了曹操的南征，又運用心理戰術瓦解劉備的勢力，擊敗關羽奪取荊州領土等等。

公元213年，曹操親自率領十萬大軍進攻東吳。曹軍開到濡須口，攻破了吳軍的江西軍營，俘虜了領軍大將。孫權大驚，要帶領七萬兵馬前去抵禦，並召集文武百官商量對策。呂蒙出了好幾個主意，還向孫權建議在一處河水口建造船塢，可製造和修理船隻，灌水後可使船隻進出，以供水戰之用。孫權考慮後，覺得這是一個極好的想法，誇讚他說：「人無遠慮必有近憂，呂將軍想得很遠啊！」

孫權派人連夜修建了船塢，魏軍趕到時就是用它重創了魏軍，日後它在與魏軍作戰時也多次發揮了重要作用。

（見《三國志．呂蒙傳》、《論語．衛靈公》）

釋義

人無遠慮必有近憂——慮，考慮、思慮；憂，憂愁、煩憂。如果沒有長遠的計劃、周密的考慮，一定會出現當前的憂患，解決不了眼前的問題。勸誡人們要有遠大的目光。

例句

爸爸和朋友合資開了一家公司，爺爺告誡他們說：人無遠慮必有近憂，把困難估計得多一些，準備充足，遇到突發事件就容易應付。

吃一塹長一智

故事類型：**古籍記載**

這句諺語來自明代著名的哲學家王陽明給友人的一封信《與薛尚謙書》。

王陽明出身於官宦之家，父親是狀元，為明孝宗重用。陽明曾跟隨父親遊遍關內外，拜見儒家、道家、理學家學者，切磋學問。他繼承和發揚儒學的人文精神，提出「仁者要以天地萬物為一體」、「知行合一」、「致良知」學說，即是提倡人與自然、與社會、與自身要和諧，要發揮獨立思考能力等等。

王陽明不僅精通儒學、道學、佛學，也是一位出色的軍事家。二十八歲考中進士踏入仕途後，曾領軍出征平定叛亂，建立奇功。

他的朋友薛尚謙是一名進士，曾和幾個兄弟去拜王陽明為師，回家後興建書院傳播陽明學。薛尚謙和王陽明不時有書信往來。有一次，薛尚謙說起自己常常後悔，譬如一飲酒就一心撲在飲酒上，不能自制。王陽明回答說，悔悟是治病的藥，但最重要的是吸取教訓，不再復發。王陽明在信中也談到他自己以前讀書多年雖勤奮，但都在說空話，得益不多，後來猛然省悟，吃一塹（粵音僭）長一智，今日的失誤未必不是將來所得。

王陽明有多部重要的哲學著作。陽明心學對中國、日本、東南亞的近代學者影響很大。

釋義

塹，壕溝、窪坑，比喻挫折、困難；智，智慧、見識。王陽明的原話是「經一蹶者長一智」，比喻一次跌倒在壕溝，就增長了一次見識；失敗了一次，就吸取到一次教訓。也說成「經一事長一智」。

例句

王姨被電話騙徒騙走了十萬元，吃一塹長一智，以後她再也不接聽陌生人的電話了。

禍不單行　福無雙至

故事類型：**民間傳說**

王羲之是東晉時期著名的書法家。他的書法作品一紙難求，成為書法愛好者收藏的珍品。

有一年的農曆新年前，王羲之全家搬到浙江紹興居住，全家人忙着準備過年。王羲之照例要為家門口寫春聯迎春，他寫了一副貼在大門口：「春風春雨春色，新年新歲新景」。大家都讚字好意思好。

可是第二天早上發現，春聯被人揭走了。家人都覺得可惜，但是王羲之不生氣，耳聽得窗外黃鶯在枝頭鳴叫，燕子成雙成對地飛來飛去，一片大好春景，提起筆來又寫了一副：「鶯啼北里，燕語南郊」。

想不到這副對聯晚上又被人偷走了。家人都很氣憤，紛紛説要設法抓住這個賊人。明天就是大年初一，家門口沒有對聯可真不像樣啊！王羲之笑笑道：「我有辦法，這次一定不會被偷了。」

他提筆寫了兩條七個字的對聯，但囑咐家人先貼出上半截：「禍不單行，福無雙至」。晚上賊人又來了，一讀這對聯覺得不吉利，就溜走了。

初一清早，王羲之囑人把下半句貼上去，原來是：「禍不單行昨夜行，福無雙至今朝至」。圍觀眾人無不喝彩叫好。

釋義

禍不單行，福無雙至——災禍往往接二連三降臨，而好事卻不會成雙來到。比喻人的一時背運、命運不濟，遇到一些不如意的事。

例句

家裏的冰箱壞了，媽媽正在叫苦連天，洗衣時又發現洗衣機不轉動了。媽媽歎道：真是禍不單行，福無雙至啊！

屋漏偏逢連夜雨

故事類型：**古代小説**

這句諺語曾在多本古代小説中出現，我們現在介紹的是清代作家李伯元寫的一部長篇小説《文明小史》中的一段故事。

小説以1900年處於動盪和變革中的中國社會為背景，描寫了西方文明開始進入中國的過程，以及清朝官吏的昏庸無能。

小説第五十回中寫了安徽省一名姓黃的官員，因為開始要與洋人打交道，要有人翻譯、溝通，所以用重金從香港聘請了一位名叫勞航芥的翻譯官。勞翻譯幫着處理一些英文文件、接待一些洋人。

有一天，一個德國人來見黃官員，但是勞翻譯不識德文，只得支支吾吾應付，德國人只好告退，第二天帶了個德文翻譯來。

黃官員見勞翻譯只會英文，心中就很不高興，有些瞧不起他，覺得早知如此，就在上海聘請個英文翻譯，也不用花費那麼多錢和手續。於是勞翻譯在官府就不那麼受重視了。

真是屋漏偏逢連夜雨。過了幾天，有個法國領事來安徽省遊覽，黃官員要盡地主之誼，請他吃飯，勞翻譯陪坐。法國人起初説英文，勞翻譯對答如流。但是酒喝得多了，法國人就用法語説話，這下勞翻譯又傻了眼。黃官員看在眼裏，心中很不高興。勞翻譯覺得再留在這裏沒意思，就辭職回香港了。

釋義

你家房頂有了漏洞，你最怕下雨，偏偏在這時下雨了。意思是當事情出現了紕漏，而因這紕漏引起的更大災難接踵而來了，正是你最擔心的事。所以這前後兩個「禍」是有關聯的。至於「禍不單行」，可指兩種性質不同的災難。

例句

家中向街的大玻璃窗被街童踢球撞破了，還沒來得及修理，晚上竟颳起了大風，真是屋漏偏逢連夜雨啊！

道高一尺魔高一丈

故事類型：**古代小說**

這句諺語出自明朝吳承恩寫的經典小說《西遊記》第五十回：道高一尺魔高一丈，性亂情昏錯認家。可恨法身無坐位，當時行動念頭差。

話說孫悟空隨同唐僧、豬八戒和沙僧西行取經，一路降妖伏魔，困難重重。

這裏說的是師徒四人用大白龜渡過天河後，又累又餓。悟空

便用他的金箍棒畫了一個阻止妖魔進入的大圓圈，讓唐僧三人坐在圈內不動，他架起筋斗雲去找些吃的。

可是唐僧三人等得不耐煩，走出圈子向前行，卻誤入了獨角兕大王的魔洞。悟空去救師傅，卻被妖怪拋出一個閃亮的白圈，把金箍棒套走了。

悟空到天宮去報告了玉帝，玉帝派幾名天將去助他降妖，可他們的武器也被這白圈收走了。

悟空又先後請出火德星君、水德星君出戰，都失敗了。悟空拔毛變出一羣小猴也被白圈收了。於是悟空進洞去想偷這個白圈，卻發現了自己的金箍棒，他抓起金箍棒就與妖怪對打，不分勝負。

悟空只得去找佛祖如來，一查，原來這妖怪是太上老君的坐騎青牛，那白圈是老君的白玉琢。到此，獨角兕大王才被收服。

孫悟空西遊的經歷恰好說明了道高一尺魔高一丈的道理。

釋義

道，正氣；魔，邪氣。原意是修行得到一定的正氣後，就會有魔障邪氣來干擾，所以要警惕外界的誘惑破壞，直到修成正果。後人比喻得到一些成績後，會遇到各種障礙困難，但有堅定信念的人就會越阻越進，直至取得完全勝利。

例句

人類攻克了伊波拉病毒，卻出現了沙士疫情；戰勝了沙士，又來了新型冠狀病毒。真是道高一尺魔高一丈啊！

耳聽為虛　眼見為實

故事類型：**古籍記載**

西漢有一位大將軍趙充國，曾多次率軍擊敗西北匈奴侵犯，功勛卓越。

漢宣帝時，羌族人在西北邊境作亂，攻佔城鎮，搶掠財物，殺害官民。宮廷得到消息後召集大臣和將領們商量對策，大家都義憤填膺，覺得要立即出兵鎮壓，不能容忍羌人的暴行。但是具體說到出征之事，將領們都不肯出面帶兵。

宣帝只好請七十三歲的老將趙充國出馬。宣帝說：「你估計要用多少兵馬，多少物資，儘管提出，一定供應。」趙充國說：「現在還不清楚邊境的情況，很難估計需要多少兵力。耳聽為虛，

眼見為實，我要親自去那裏看看，弄清楚情況後寫個計劃向您報告。」

趙充國來到西北地方實地調查，派人偵查羌人地區的情況，又抓了俘虜問清對方軍情，然後制定了駐兵屯守計劃，採取了分化瓦解和安撫和好政策。他的方案上報後獲得朝廷批准，得以順利執行，消滅了頑固的敵人，招降了部分首領；既打擊了羌人的囂張氣焰，又節省了朝廷開支，減少了兵力消耗，並且使漢、羌兩族的緊張關係緩和了下來，平亂的戰事取得了圓滿成功。

釋義

耳聽為虛，眼見為實——虛，虛假，不真實。此句意思是耳朵聽到別人說的事靠不住，不一定是真的，只有親眼看到的才真實可靠。所以不要輕信傳聞。

例句

人們都說雲南的香格里拉地區風景絕美，不過耳聽為虛，眼見為實，我要親自去看看這號稱人間天堂的真面目。

對症下藥治病救人

故事類型：**古籍記載**

扁鵲是春秋戰國時期的名醫，擅長醫治各科，醫術高超，被認為是神醫。他奠定了中醫學的切脈診斷方法，名聞天下。

那時蔡國國君桓公召見扁鵲。扁鵲站着觀察了一會，說：「您的皮膚有點病，不治療的話病會加重。」

蔡桓公說：「我沒病。」扁鵲於是離去。桓公說：「醫生給沒病的人治病來邀功。」

過了十天，扁鵲又去見桓公，說：「您的病已進入肌肉，不治的話會變得嚴重。」

桓公不以為然，扁鵲離去，桓公很不高興。

又過了十天，扁鵲去見桓公，說：「您的病已轉到了腸胃，再不治的話，會在體內再擴散開去的。」

桓公還是不理會，扁鵲離去。

過了十天，扁鵲見到桓公轉身就跑。桓公派人去問他原由。扁鵲說：「表皮的病，用熱敷就可治好；肌肉的病，可用針灸；腸胃的病，用湯劑就可以治。對症下藥就能治病救人。現在他的病已進入骨髓，又不聽信我，我也沒辦法了。」

果然，五天後桓公渾身疼痛。他後悔莫及，派人去請扁鵲，扁鵲已經遠去秦國了。不久桓公就死了。

（見《韓非子・喻老》；《史記・扁鵲倉公列傳》作齊桓公）

釋義

對症下藥治病救人——原本是醫療用語。症，疾病。醫生要針對具體病情使用合適的藥物，才能治好病、救了病人性命。現也用於比喻要解決問題就要抓住事情的關鍵，解決了主要癥結，問題就迎刃而解。

例句

黃同學無心向學，成績一直很差。班主任家訪後幫他解決了一些實際困難，才改變了他的學習態度。校長表揚班主任是對症下藥治病救人。

一朝被蛇咬 三年怕草繩

故事類型：**古代小說**

相傳明朝有個蘇州人文若虛，有幾分小聰明，琴棋書畫、吹彈拉唱樣樣能上手，又有一副好口才，善於說唱逗笑，所以很受人歡迎。他恃着自己有些家產，整日和一些朋友遊玩作樂，漸漸坐吃山空了，便心想要學着做些生意。

文若虛購進一批紙扇，出錢請一些文人在扇面上寫詩作畫，僱了一個伙計帶貨去北京售賣。誰知那個夏天連日陰雨，扇子賣不出去，幾箱紙扇還發霉粘黏在一起，成了廢品。之後他又試做幾次小生意都失敗，被人稱作倒運漢。

有一次，他的朋友張二坐船出海做生意，他跟着去玩玩。出發前，文若虛用一兩銀子買了兩簍當地一種叫洞庭紅的橘子，

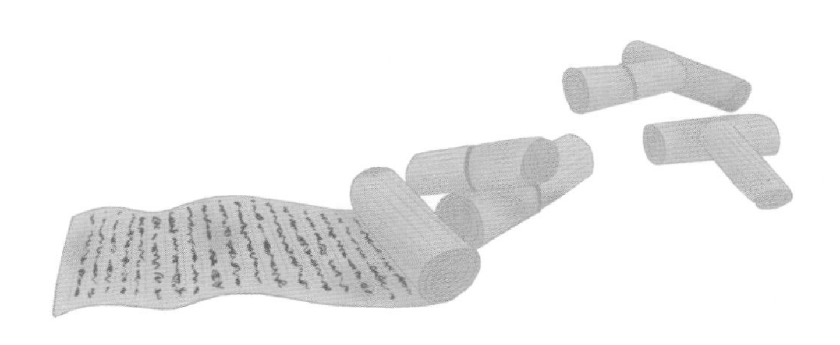

想在船上解渴用。船開到了外國某地，張二帶人去做買賣了，文若虛把兩簍橘子攤出來吹吹風，卻引來當地人的注意。有人試吃了一個，覺得香甜可口，便出了很高的價錢把他的橘子都買了下來。他就這樣賺到了一千多兩銀子。

張二勸他用這錢買些貨運回國內轉賣。他說：「一朝被蛇咬，三年怕草繩，説到做貨物買賣，我就沒有膽量了。」他只想把這筆錢帶回家好好過日子。

（見《初刻拍案驚奇》第一卷「倒運漢巧遇洞庭紅」）

釋義

一朝，一日的意思。草繩的形狀有點像一條蛇，如果有一天被蛇咬到，以後看見一條繩子都會膽戰心驚。比喻一次災禍、挫折，會帶給人們嚴重的心靈傷害，以後遇到類似的事物或事件就會恐懼。

例句

他小時候有一次在水鄉坐船遊玩時翻了船，一朝被蛇咬，三年怕草繩，之後他見到水就怕，也不敢坐船。

賠了夫人又折兵

故事類型：**古代小說**

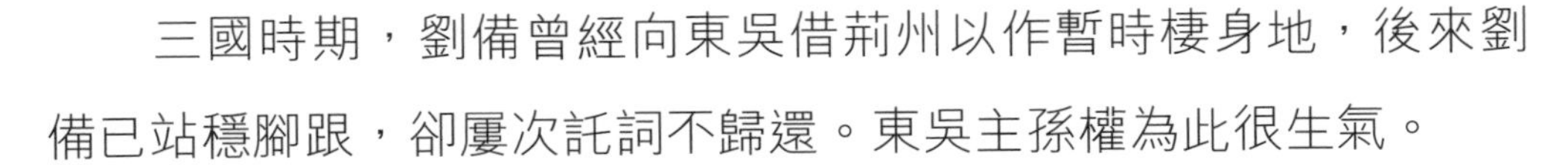

三國時期，劉備曾經向東吳借荊州以作暫時棲身地，後來劉備已站穩腳跟，卻屢次託詞不歸還。東吳主孫權為此很生氣。

東吳的主將周瑜獻計說：「劉備最近喪妻，我們假意把主公的妹妹許配給他，騙他來東吳成婚，到時扣了他當人質，不怕他不歸還荊州。」

孫權同意了，派人去荊州做媒。諸葛亮對劉備說：「這肯定是孫權要取回荊州的計謀，你放心去吧，我保證你娶得夫人，又不失荊州。」

諸葛亮派趙雲將軍陪劉備去東吳。趙雲按照諸葛亮的錦囊辦事，一入東吳境內就大張旗鼓，宣揚劉皇叔要與孫公主成親的消息，並購買了厚禮先去見周瑜丈人喬國老，讓喬老把此事告訴孫權的母親吳國太。吳國太在甘露寺約見了劉備，對他十分滿意，便籌辦了盛大的婚禮把女兒嫁了給劉備。

周瑜十分懊惱，便又獻計，讓劉備住在豪華宮殿裏享福，使他樂而忘返。趙雲按照諸葛亮的錦囊妙計，對劉備謊稱曹操派大軍進攻荊州，劉備一聽急了，帶了夫人和五百士兵連夜趕回去。吳兵前後追擊，諸葛亮早就派了關羽去接劉備回荊州。周瑜坐船趕來，只聽得岸上蜀兵高叫：周郎妙計安天下，賠了夫人又折兵！氣得周瑜吐血昏了過去。

（見《三國演義》第五十五回）

釋義

賠了夫人又折兵——賠，蝕本；折，虧損。原文意思是本想用美人計引誘敵方上當受騙，但事情發展出乎意料，美人給了敵方，自己還損失了兵力。現也用於本想算計別人佔便宜，反倒受到雙重損失。

例句

這個商家買進了一批假冒名牌手袋，想轉售賺錢，結果貨物被沒收，還惹上了官非，更使公司信譽掃地。真是賠了夫人又折兵啊！

老將出馬一頂倆

故事類型：**歷史故事**

這句諺語是人們用來稱讚清朝抗法大將軍馮子材的。

1883年法國強迫越南簽訂條約，脱離與中國的藩屬關係，成為法國的保護國。慈禧太后大怒，對法宣戰，中法戰爭由此開始。

初期戰事對中國很不利，法軍打敗了東南沿海中國水師，佔領了澎湖。1885年進攻中越邊境的鎮南關，那是中越兩國的重要交通關口，地勢險要。

清政府請出七十三歲的老將馮子材，他寶刀未老，作戰經驗豐富。馮將軍在關內築壕溝建炮台，又夜襲法軍營，誘使法軍

出擊。法軍進攻時，馮將軍帶領兩個兒子，手持長矛帶頭衝入敵陣，士兵們受他感召一齊衝出去，與敵人展開白刃戰，如此一次次打退敵人的進攻。戰鬥持續了兩天兩夜，終於打敗了法軍，馮將軍率兵追擊，收復了幾處失地。

鎮南關大捷改變了中法戰局的局勢，中國轉敗為勝，振奮了民族精神。法軍有近千人傷亡，指揮官也受了重傷。消息傳到法國，七天後，法國議會以三百零六票對一百四十九票的優勢否決了增撥軍費，法國總理引咎辭職，法軍全面休戰。

人們稱讚馮子材說：老將出馬一頂倆！

釋義

老將出馬一頂倆——出馬，指將軍上陣打仗，或是某人出面擔任某種工作。頂，相當。意思是年老或有經驗的人出來做事，一個人能抵兩個人工作，特別有成效。

例句

校際籃球比賽下個月要開始了，這次還是要請老隊長出來擔任前鋒，老將出馬一頂倆，我校就更有希望取勝了。

覆巢之下無完卵

故事類型：**古籍記載**

這句諺語出自東漢文學家孔融的故事。

孔融是孔子的二十世孫，從小知書識禮，四歲時謙讓大梨給哥哥們的逸事已經廣為傳開。

漢獻帝即位後，孔融入朝廷為官。他在地方任職期間修城牆、建學校、招聘賢才，做了很多好事。

丞相曹操架空漢帝想建立霸權，而孔融始終忠於漢室，站在漢獻帝一邊，兩人的政治立場不同，分歧很大。而且孔融常常寫文說話抨擊時政，語言鋒利，多次惹得曹操很不高興。

後來，曹操的一員大將被劉備和諸葛亮打敗，曹操心有不甘，打算以五十萬兵力去攻打劉備，孔融不客氣地評論説：這是不講道理的人去打最講道理的人，怎會不失敗呢？

曹操忍無可忍了，派兵去抓捕孔融。這時，孔融的兩個兒子只有八、九歲，他們毫無驚懼的樣子，照常在玩遊戲。孔融對前來捉他的官吏説：「我希望只加罪在我一人身上，能否保證我兩個兒子的安全？」

想不到兩個孩子竟不慌不忙地説：「父親，你別求他們了。你哪裏見過鳥巢傾覆了，還有完整的蛋留下的呢？」果然，抓捕孔融家人的官吏也隨即來到了。這件事就留下了「覆巢之下無完卵」這句諺語。

釋義

覆巢之下無完卵——覆，翻倒、倒塌；卵，即是蛋。鳥巢翻倒了，裏面的鳥蛋當然都摔破了，沒有一個完好的。比喻整體遭到毀滅，個體也難以倖免，都要遭殃。

例句

敵人來犯，大軍壓境，形勢危急。將軍率兵出征前對士兵説：「國家有危，覆巢之下無完卵，我們要拚死一戰啊！」

鷸蚌相爭　漁人得利

故事類型：**古籍記載**

這是出自春秋戰國時期的一個故事。那時趙國要率軍去攻打燕國，燕國請了著名說客蘇代去勸說趙惠王。

趙惠王接見了蘇代。蘇代用一個寓言故事來展開游說：「我剛才來貴國的時候，路過易水，見到一件有趣的事。」

這開場白引起了惠王的興趣，催促道：「什麼有趣事啊？說來聽聽。」

蘇代不慌不忙道：「我看見一隻肥大的河蚌，張開了牠的殼在曬太陽。正在此時，一隻鷸鳥看見了牠，趕過來張嘴啄河蚌的肉。河蚌馬上合攏了蚌殼，箝住了鷸鳥的長喙，雙方相持不下。鷸鳥説：『今天不下雨，明天不下雨，你就死定了。』河蚌説：『今天不放開你，明天不放開你，你也會死。』這時，一個漁夫走過，見此情景，馬上捉住鷸鳥和河蚌，高高興興地走了。」

趙惠王聽了也哈哈大笑，説：「鷸蚌相爭，漁人得利啊！」蘇代接着説：「現在趙國攻打燕國，兩國若是久久相持不下，國力民力消耗都很大，我擔心強大的秦國就像這個漁夫，白白得到便宜了！希望大王慎重考慮啊！」

趙惠王想了想説：「有道理！」便停止了攻打燕國。

釋義

鷸，一種長嘴長腳水鳥，啄食小魚和貝類；蚌，有貝殼的軟體動物。此句比喻爭鬥雙方相持不下、各不相讓，結果兩敗俱傷，讓第三者趁機得利。所以，應該要警惕真正的共同敵人。

例句

野生動物紀錄片中，見到兩隻山羊角頂着角在打鬥，旁邊一隻黑豹虎視眈眈，恐怕要上演鷸蚌相爭，漁人得利的一幕了！

身在福中不知福

故事類型：**民間傳説**

相傳從前有一個富人，家中金銀財寶什麼都有。他過着豪華的生活，卻總覺得自己不快樂不幸福。

有一天，他把家中所有的財物打包成一個大包，帶着出門。他下決心要找到一個能告訴他得到幸福方法的人，這包財物就送給那個人作酬勞。

富人走到很多地方，問了很多人。可是人們都覺得這是一個奇怪的問題，不知道怎麼回答。後來有人告訴他説，山中有一位修行的大師，可能會有辦法。

富人去到山中，找到盤膝而坐、正在靜修的大師，便對大師説：「請告訴我得到幸福的方法，這包財物就送給您。」

大師沒說什麼，抓起那包財物向外飛跑。富人大驚，急忙追趕，但是山路崎嶇，他不識路，急得大哭大叫：「糟糕！我上當了，被騙走了我一生的心血！」

過了一會兒，大師提着大包回來交給富人，富人緊緊抱着那包裹，高興極了。

大師問他：「你現在覺得幸福嗎？」

富人說：「是啊，我覺得自己太幸福了！」

大師笑道：「瞧，幸福就是這樣簡單。它其實就在你身邊，只有當你失去它時，才能感覺到它的存在。你別身在福中不知福啊！」

釋義

身在福中不知福——生活在幸福中的人們，往往不覺得自己是幸福的，常常抱怨，想得到更多。此句勸告人們要知足，珍惜現有的一切。

例句

妹妹吃飯時挑三揀四，祖母說：「你們這些孩子身在福中不知福，這麼好的飯菜都要挑剔，世界上還有很多孩子吃不飽飯哪！」

飽漢不知餓漢飢

故事類型：**古籍記載**

這句諺語出自關於莊子的一段事。

莊子是宋國人，戰國中期的思想家、哲學家，是繼老子之後道家學派的代表人物。

莊子年輕的時候，曾在家鄉做過小官。但眼見官場腐敗，便辭職回家專心研究哲學。他寫了很多著作，能把深奧的哲理用靈活的語言，加上豐富的想像力，闡述得有趣生動。

為了宣傳自己的思想和學説，莊子經常奔走於各國之間。那時，諸侯國之間戰火不斷，造成田地荒蕪，糧食歉收，百姓紛

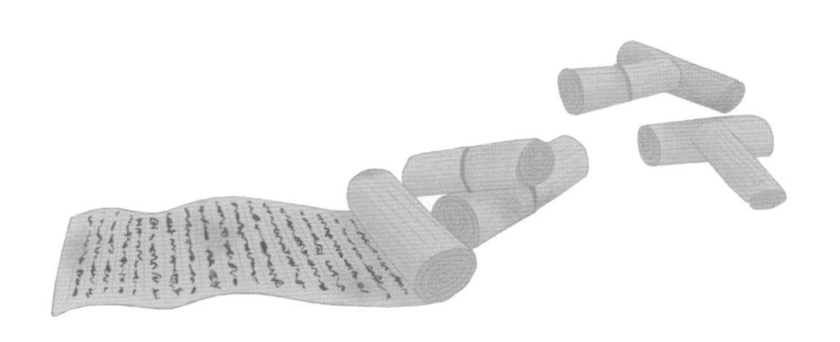

紛逃去別處躲避戰禍，忍飢挨餓，流離失所。有一次，他來到齊國，看到沿途都是無依無靠的飢民，衣衫襤褸，面黃肌瘦。

莊子看了心中很不忍，就上前問寒問暖。飢民們見他像是一位有地位有學問的富人，便上前向他要吃的。莊子苦笑道：「真是對不起，我自己也七天沒有吃飯了，哪有東西給你們呢？」

一個飢民對莊子說：「很多衣着光鮮、滿面紅光的有錢人經過這裏，對我們不屑一顧，飽漢不知餓漢飢啊！只有先生您同情我們，七天沒吃東西的飢漢才知飢民的苦啊！」

釋義

飽漢不知餓漢飢——吃得飽飽的人不會體會到挨餓人的痛苦。比喻處境好的人不會理解別人的苦衷。

例句

你們公司財源充足，不像我們為了要擴大生產就得四處去籌集資金，箇中辛苦你是想不到的。飽漢不知餓漢飢啊！

寧走十步遠 不走一步險

故事類型：**古代小説**

這句諺語出自《三國演義》中諸葛亮六出祁山伐魏的事。

諸葛亮輔助劉備建立了蜀漢，獲封為丞相。為了平定中原、興復漢室，諸葛亮曾六次出祁山伐魏。

蜀國在西南的漢中，魏國在它東北面的長安。諸葛亮的戰略目標是先拿下關中（陝西中部，包括長安），再取得中原。那

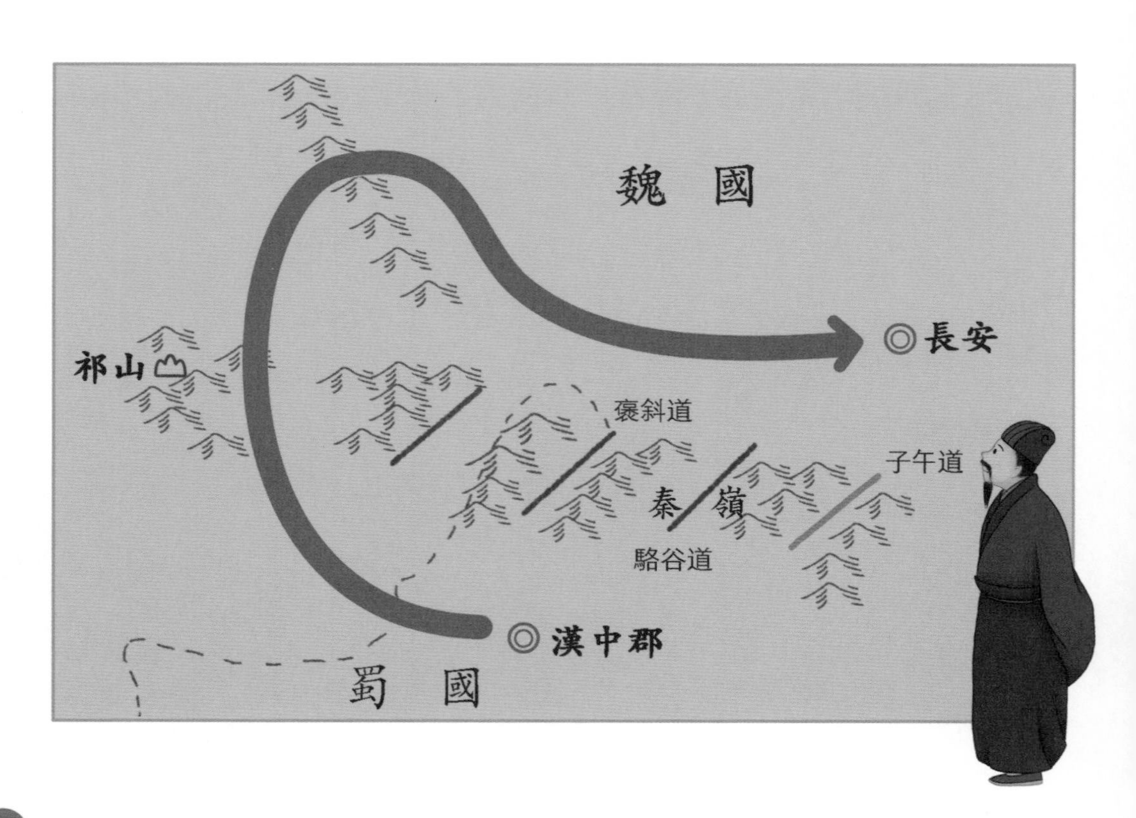

麼，最近的道路是從漢中向東北走，直接奔長安，兩地相距只有七百八十里。

不過，諸葛亮捨此近道不走，而是從漢中向西北，經過祁山，再折向東去，如此走的話到達長安就有一千五百里路，足足多了一倍。

由於漢中和關中之間橫臥着秦嶺山脈，中間只有三條山路可行，最近的一條是子午道。但是山路崎嶇，不利大隊兵馬行進，運載貨物的牛馬行經這些山道都會累死。而西行的大路平坦，穿過祁山只有很短一段山路。所以諸葛亮是寧走十步遠，不走一步險，採取了比較保險的路線。

第六次北伐前，武將魏延曾經向諸葛亮提出，由他帶精兵走子午道奇襲長安。按照魏延的實力，這個辦法其實不是不可能的。可是，做事一向謹慎的諸葛亮沒有同意，最終導致北伐失敗。

釋義

寧走十步遠，不走一步險——要達到目的地，寧可繞遠道、多走些路，找一條安全的路線，不要貪圖近和快而走一條危險的路。意思是做事要穩中求勝，穩紮穩打，不要急於求成而冒險。

例句

行山時最好都沿着大路走，不要亂穿小徑抄近路，記住古人的教訓：寧走十步遠，不走一步險。小徑上沒有任何標誌，很危險的啊！

好漢不吃眼前虧

故事類型：**古籍記載**

「好漢不吃眼前虧」講的是韓信年輕時的一段經歷。

韓信是漢初三大名將之一，是出色的謀略家、戰術家，善於用兵，歷史上留下不少著名戰役範例。

不過，韓信少年時很不得志。在秦朝末期，他只是一介平民，家境貧寒，父親早喪，與母親相依為命。母親死後，他衣食無靠，終日佩戴着他心愛的寶劍流浪街頭。

有一天，一個無賴纏上了他，惡意挑釁説：「瞧你這大個子，帶着寶劍卻不出鞘，裝裝樣子罷了，一定是個怕死鬼！你若不怕死，就拔出劍來刺死我；怕死，就從我胯下鑽過去！」

那無賴叉開兩腿站着，非常傲慢無禮。韓信想：自己已經非常潦倒了，不能再惹是生非。刺死人是要償命的，不值得為了這個無賴而丟了自己的性命。於是他一聲不出，從無賴的胯下鑽了過去，然後不理會眾人的嘲笑，從容離去。

後來韓信從軍，投奔漢王劉邦，深得丞相蕭何賞識，獲推薦為大將軍。他向劉邦獻計如何得天下，又指揮練兵，使漢軍力量漸漸強大，揭開了楚漢相爭的序幕。

後人評價韓信當年的做法是：好漢不吃眼前虧，且讓他一步，再作道理。若是當年韓信接受無賴挑戰，把他刺死，就沒有日後的韓大將軍了。

釋義

好漢不吃眼前虧——虧，損耗、損害的意思。識時務的聰明人在情勢不利的時候，能採取靈活辦法，為了長遠的目標和利益，暫時讓步，免得吃虧。

例句

小明放學時見到幾個遊手好閒的大孩子圍在巷子一頭，好像在鬧事。好漢不吃眼前虧，為了避免無謂的糾紛，小明決定繞路走回家。

風馬牛不相及

故事類型：**古籍記載**

這句諺語出自春秋時期楚國使者對齊國丞相管仲說的話。

野心勃勃的齊桓公率領八國大軍攻打蔡國，獲勝後，齊軍就向楚國進攻。楚成王一方面準備抵禦，另一方面派能言善辯的屈完大夫去齊國談判。

屈完對齊國丞相管仲說：「你們齊國在北方，我們楚國在南方，兩國相距那麼遠，風馬牛不相及，為什麼要長途跋涉來到我們的國土啊？」

管仲回答說：「以前召康公賜予我們先祖可征伐的範圍很廣，為的是輔助周王室。你們楚國不向王室送來祭祀用品，所以我們來問罪。」

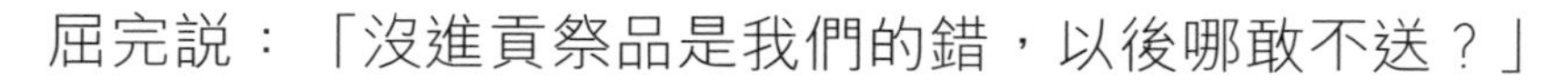

屈完説：「沒進貢祭品是我們的錯，以後哪敢不送？」

齊桓公為了顯示他的威力，請屈完一起坐車去檢閱軍陣，果然是兵強馬壯。齊桓公驕橫地説：「這樣強大的軍隊，你們能抵擋嗎？」

屈完不卑不亢地回答：「論武力我們楚國也不弱啊，我們有長城天險，還有黃河、漢水為壕溝，你們未必能打得進來！」

那時是盛夏時分，北方聯軍不習慣南方暑熱，已經躁動不安。齊桓公覺得楚國已經認了錯，保證以後不誤進貢，而且看來楚國也已充足備戰，便和楚國簽訂了盟約，收兵回去了。

釋義

有兩種解釋：（一）風，指放逸、走失；及，到達。牛走順風，馬走逆風，即使牛馬走失也是向不同方向走，不會走到一起。（二）風，指雌雄動物互相引誘；及，吸引。馬和牛發情時不會互相吸引。兩種解釋都比喻兩者沒什麼關係。

例句

這裏一位是藝術表演的專家，一位是書籍出版的資深前輩，本是風馬牛不相及，卻被你邀請到一起創出新合作模式，實在了不起！

磨刀不誤砍柴工

故事類型：**民間傳說**

有一個年輕人跟着一羣人到山上砍柴，他看看周圍的人年紀都比自己大，覺得自己身強力壯，一定會做得比別人好。

砍柴時，他使出渾身力氣拚命砍。一天下來，年輕人筋疲力盡，但是只砍到了兩三擔柴，而其他人砍到的都比他多。

年輕人心想：也許是我沒經驗，他們都是砍柴老手。等我慢慢摸索，一定會超過他們。

幾天下來，年輕人砍的柴是增加了，但還是比不上其他人。他心中很納悶。

一名老工人招呼他來喝茶，年輕人悶悶不樂地回答說：「哪有心情喝茶，我要好好休息，明天再好好幹！」

老工人笑道：「年輕人，帶着你的斧頭過來，我有話對你說。」

年輕人走了過去，老工人泡了一杯茶給他，自己拿起年輕人的斧頭在一塊磨刀石上來回磨，一邊對他說：「做事努力是很好，但是不要蠻幹。砍柴不磨刀怎麼行？你明天帶這把斧頭去砍柴，看看結果怎麼樣。」

第二天，年輕人用這把明晃晃的斧頭砍柴，果然效果出奇的好，一天砍到了五六擔柴。他這才明白：做事要講究技巧和方法，磨刀不誤砍柴工啊！

釋義

磨刀不誤砍柴工——磨刀花費時間，但是不會耽誤砍柴，因為用磨得鋭利的刀能很快砍到很多柴。比喻事前做好充分準備，就能提高效率，事半功倍。

例句

妹妹做功課前把該做的功課整理好，又削好兩枝鉛筆才正式開始做。她說：「磨刀不誤砍柴工，做好了充分準備，動手後就會順利。」

八字還沒一撇

故事類型：**古籍記載**

這句諺語源自南宋著名思想家、教育家朱熹的著作。

朱熹十九歲考取進士，曾任兩地知府，著作很多，還曾為宋寧宗皇帝講學。他的理學思想對元、明、清的影響很大，成為三朝的官方哲學。

朱熹一生熱心教育事業，是中國教育史上繼孔子後的又一大教育家。他曾整頓修建很多學校和書院，重建著名的白鹿洞書院和嶽麓書院，並親手制定學規，編寫教材。

朱熹與進士劉子澄一起編寫了六卷教材《小學》，裏面輯錄了歷代經書中適合小學生的道德名言和倫理故事。為此，兩人常有書信來往。朱熹在《與劉子澄書》中有一段話：「聖賢已是八字打開了，人不自領會，卻向外狂走耳。」

這段話的意思是：惋惜學習聖賢之道的人們學而一無所得，沒有學到家，領會不到通向聖賢的門已經打開，非但不進入，反而向外走。

朱熹用形似門的「八」字作比喻，非常形象。後人就以「八字還沒一撇」意為「沒門兒，沒門路可走」，即是不可能。

（見《通俗常言疏證》卷三）

釋義

八字還沒一撇——「八」字的寫法是先一撇、後一捺。還沒寫一撇，即是離事情完成還差得遠，還沒一點眉目、沒頭緒呢！

例句

表哥大學畢業了，爸爸笑問他什麼時候買房子，表哥說：「我這才開始掙錢，八字還沒一撇呢！」

人不可貌相

故事類型：**古籍記載**

春秋時期，孔子有弟子三千人，其中他錯看了兩人，一個是宰予，一個是子羽。

宰予因為口齒伶俐，深得孔子喜愛。但是日子一久，便發現他無心向學，品德又差，孔子氣得罵他是朽木不可雕，派他去外地了。

子羽是魯國人，長相醜陋，不招人喜歡。他去拜孔子為師時，「有教無類」的孔子沒有拒絕他，但對他很冷淡。子羽很失望，便離開孔子開始刻苦自學。

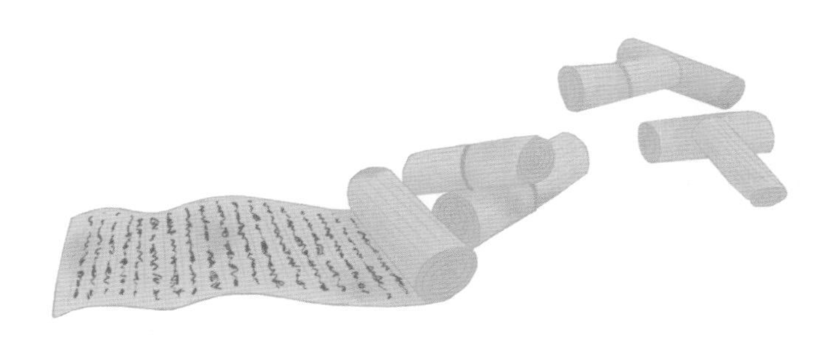

子羽遊學楚國各地，最後到了江西百花洲，創立了學校，廣招賢能。他胸襟廣闊，沒有記恨孔子，反而仍以孔子作為自己的宗師，講解和傳播孔子學說。他學識淵博、品格高尚，吸引了三百多名弟子跟隨他學習。幾十年內，他培養出一大批優秀學生，名氣傳遍各國，在孔門七十二賢中名列前茅。

孔子知道後歎道：「吾以容取人乎，失之子羽；以言取人乎，失之宰予。」即是說，我以容貌判斷人，看錯了子羽；以言語判斷人，看錯了宰予。

由此，古人得出教訓：人不可貌相啊！

（見《韓非子・顯學》、《史記・仲尼弟子列傳》）

釋義

人不可貌相——不能以一個人的相貌來判斷他的品質和才能，不能僅僅以人的外表來估量人。

例句

別看他長得矮小羸弱，這次舉重比賽他居然贏得了羽量級冠軍！真是人不可貌相啊！

醉翁之意不在酒

故事類型：**古籍記載**

這句諺語出自北宋大文學家、唐宋八大家之一歐陽修的一篇散文《醉翁亭記》。

歐陽修小時家境貧困，但他發奮讀書，才華過人。二十二歲考中狀元，踏入仕途，很受皇帝賞識。後來因為他參與范仲淹的憲政改革，被貶到滁州去當太守。

滁州城西南的琅琊山上有一個亭子，歐陽修和幾個朋友常去亭子裏飲酒，往往大醉而歸。他的酒量很小，並不善於喝酒，為什麼愛到那裏去喝酒呢？且看他寫的著名散文《醉翁亭記》，文中說：

「滁州四周都是山，西南一片山林景色更美，那是琅琊山。沿山路走六七里，聽到潺潺的水聲，那是釀泉。峯迴路轉，泉水上面有一亭子，是山上僧人智仙建造的，年事已高的太守常和客人來此喝醉酒，所以自稱醉翁，這裏就取名叫醉翁亭。醉翁之意不在酒，在於欣賞山水之樂而已……」

全文只有一百多字，文辭優美、結構精巧，成為一篇不朽的名作。最妙處是在最後點出醉翁喝酒的本意並不在酒，而在欣賞風景。

釋義

醉翁之意不在酒——比喻做一件事的本意並不在此，而在別的方面。現多指人另有企圖、別有用心。

例句

弟弟說要跟媽媽去超市購物，幫媽媽拿東西回家。其實他是「醉翁之意不在酒」，想去那裏買雪糕吃。

巧婦難為無米之炊

故事類型：**古籍記載**

這句諺語出自南宋大詩人陸游的一部著作《老學庵筆記》。

陸游二十九歲去考進士，得了第一名，之後曾在江西、浙江等地任職。由於他堅持應該抵抗金兵入侵，遭到投降派排擠而被罷官。他隱居二十多年，寫詩著文，留下很多憂國憂民的悲壯作品。

晚年時，陸游住在鏡湖岸邊的老學庵書齋，寫了一部十卷長的《老學庵筆記》，內容多是他親歷、親見、親聞的真事，反映了時事人物、風土人情、奇論怪談等，文字風格簡潔幽默，是一部非常有趣的筆記。

其中有一則故事是這樣的：有一名叫晏景初的官員，有一天帶領了一批手下外出，傍晚時經過一座寺廟，他要寺廟的僧人安排他們在這裏住一晚。僧人不想接待這批官員，就推脱説寺廟很簡陋，安排不了。

晏景初説：「有才能的人做這些小事很容易的！」僧人説：「沒有麪粉，巧手的婦人煮不出湯餅呀！」晏景初回答説：「有了麪粉，再笨的婦人也能做到了。」説得僧人慚愧而退。

這就是諺語「巧婦難為無米之炊」的來源。

（見《老學庵筆記》三卷二十四則）

釋義

巧婦難為無米之炊——炊，燒火做飯。沒有米，即使是心靈手巧的婦女也煮不出飯來。比喻缺乏必要的條件，事情很難辦成，再能幹的人也沒辦法。

例句

工人們都很着急，原材料還不運到，大家都要停工了，巧婦難為無米之炊呀！

無事不登三寶殿

故事類型：**創作故事**

星期天，明德纏着爸爸一起下棋，正玩得高興，李叔叔來訪。爸爸說：「老李，好久不見了，無事不登三寶殿，有什麼事嗎？」

李叔叔果真有些技術上的事要請教，談完後他就走了。

明德好奇地問爸爸：「你剛才說李叔叔『無事不登三寶殿』是什麼意思？什麼是『三寶殿』？我們家怎麼變成殿堂了？」

爸爸哈哈大笑：「問得好！這個問題還是請研究佛學的爺爺回答吧。」

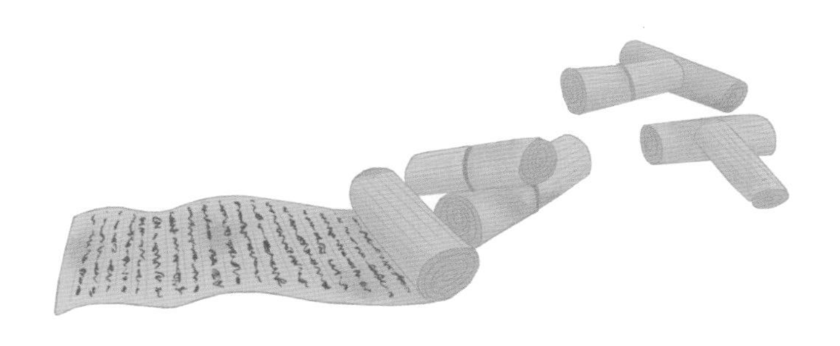

爺爺説：「好，我用最簡單的語言來解釋吧：『三寶』是佛教名稱，指佛教中的佛、法、僧。佛，是佛教徒做法事的地點；法，是佛家珍藏經典的地方；僧，是僧侶休息的禪房。三寶殿，泛指一般的佛殿，是佛教寺院中佛、法、僧的三個主要活動場所，是清淨神聖的地方，佛教徒進行拜神、誦經、祈福等法事的時候才進去，沒事的話，不能隨便在此走動。一般人上佛殿也是有事相求才來的，沒事就不會來。所以説無事不登三寶殿。」

明德這才恍然大悟：「原來如此，這下我才明白了。」

爸爸也笑道：「我也是第一次知道『三寶殿』的意思。」

釋義

無事不登三寶殿——比喻有事相求才登門拜訪，沒事就不會上門。

例句

你這個老朋友好久沒來我家了，無事不登三寶殿，有什麼事要我幫忙？説吧！

習慣成自然

故事類型：**古籍記載**

這句常見的諺語，源自清代湘軍將領劉蓉的一篇散文《習慣說》。

劉蓉本是一位文人學者，後來投筆從戎，為清政府鎮壓叛亂。這篇散文就記述了他自己少年時期在家攻讀的一件趣事：

那時，他在家中養晦堂西邊的一個房間裏專心讀書，時而抬頭思考問題，想不通的時候就起身在房間裏踱步。

房間一角有一個凹坑，一尺見方。每次走到那裏他就會絆一下，時間一久也就習慣了。

有一天父親來看他，他告訴了父親這事。父親看了看凹坑，笑着說：「一個房間都管不好，還談什麼治國、治天下？」於是叫人用土把坑填平了。

此後，他踱步走到這裏，感覺好像地面隆起了一塊，心中一驚。低頭一看，地面是平坦的。每次走到這裏他都有這樣的感覺，過了好久才慢慢習慣，覺得自然了。

由此，作者感歎道：習慣對人的影響很厲害啊！起初不習慣平地有凹坑，久而久之就習慣了，好像走在平地上；到凹坑填平了，走在上面反而覺得不習慣了。

劉蓉的這段經歷是對「習慣成自然」這句諺語最恰當的注解。我們做人做事也一樣，一開始就要養成好習慣啊！

釋義

習慣成自然——養成了一個習慣就很難改變，成為很自然的事了。所以習慣的好壞會影響一生，人生要一開始就養成良好的習慣。

例句

妹妹睡覺時一定要抱着心愛的小熊公仔，爸爸說這樣很不衞生，媽媽說：「她這是習慣成自然了，公仔會經常清洗乾淨，沒關係。」

日有所思夜有所夢

故事類型：**古籍記載**

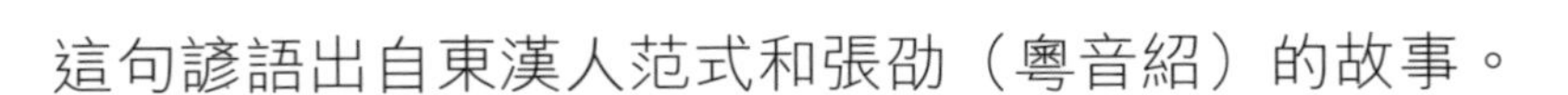

這句諺語出自東漢人范式和張劭（粵音紹）的故事。

范式、張劭都曾經在京城的最高學府——太學裏學習，兩人都勤奮好學，很有才華，結為生死好友。

到了要分別回家鄉的時候，兩人依依不捨。於是約定：兩年後的重陽節，范式去拜訪張劭。范式說：「我要拜見你的母親，看看你的子女。」

兩年很快就過去了，在這一年的重陽節前夕，張劭請母親殺雞備酒，準備招待范式。母親說：「已經過了這麼長時間，范式又遠在千里，不會來了吧？」

張劭說：「范式是個有信用的人，不會違約的。」

那天范式果然來到，兩人相飲歡聚。分別時，兩人約定第二年的重陽節張劭去范式家見面。

但是後來張劭生病了，沒能成行。范式一直在家等他，很想念他。一天晚上，范式夢見張劭身穿喪服出現在他眼前，醒來後范式很不安，知道自己是日有所思夜有所夢，但也預感張劭可能出事了，便日夜兼程去張劭的家。

果然，張劭重病離世，那天正好出殯。范式扶柩大哭，並為好友下了葬，在張劭墓前種了一棵樹，守墓百日，這才離去。

「范張雞黍之約」成為一段深厚友誼的佳話。

（見《後漢書・范式傳》、《搜神記》、
元雜劇《死生交范張雞黍》）

釋義

日有所思夜有所夢——人們在白天對一些事思慮過多，或是對某人非常掛念，晚上入睡後便常常會做有關的夢，晝想夜夢。

例句

我這幾天不斷温習準備考試，精神很緊張，連晚上做夢都在考試，真是日有所思夜有所夢啊！

良藥苦口利於病
忠言逆耳利於行

故事類型：**古籍記載**

《孔子家語》中就有這句話，但是故事發生在秦末漢初的劉邦身上。

劉邦是農民出身，秦朝時做過小官。有一次，他要押送一批民夫去做苦工，可是一路上民夫紛紛逃走。他沒法交差，就遣散了民夫，自己和刺殺秦王未遂的愛國志士張良一起，投奔當時抗秦勢力最強大的項梁、項羽叔姪隊伍。

項梁擁立楚懷王之孫為王，集合各路大軍共六七萬人反秦。公元前208年末，楚懷王命劉邦、項羽分兵攻秦，約定誰先進入咸陽城，便可立為王。

劉邦率兵西征，一路勢如破竹，第二年十月打到咸陽附近的灞上，當時秦二世已自殺，繼位的姪子子嬰見大勢已去，向劉邦投降。劉邦率軍進了咸陽城，結束了十五年秦朝的統治。

劉邦大軍見到咸陽城內華麗的宮殿都被迷住了，紛紛去國庫搶奪金銀財寶。劉邦也沉迷在阿房宮裏享受榮華富貴的生活，武將樊噲（粵音繁快）提醒他：「你要做富家翁，還是要打天下？快回軍營吧！」劉邦不理睬。張良也勸道：「你只顧享受就沒有明天，結局像秦王一樣。良藥苦口利於病，忠言逆耳利於行，要聽取樊噲的忠告。」

劉邦醒悟過來，馬上封存國庫，與當地父老商定約法三章，整頓了部隊，贏得了民心。

（見《史記．留侯世家》）

釋義

良藥苦口利於病，忠言逆耳利於行——能治好病的良藥往往是很苦的；批評的話語雖然聽起來不舒服，但是有利於行動，能幫助自己改正缺點。勸喻人們要正確對待他人的意見和批評。

例句

你不能一聽到別人批評你就生氣。古人說：良藥苦口利於病，忠言逆耳利於行，剛才班長對你的批評是為你好啊！

三句不離本行

故事類型：**民間傳説**

相傳很久以前在一個小村莊裏住着四個能人，他們分別是廚師、裁縫、趕車人和船夫。

這四個人不僅在自己這一行裏技藝出眾，而且為人忠厚，樂於助人，又能説會道，辦事公正，所以深得村民信任。村裏哪家發生了大大小小的矛盾糾紛，都要請這四人去調解。

有一次，有家村民的老人過世了，兄弟倆鬧着要分家，這四位能人到他們家去勸了好久，沒有成效。四人就回到廚師家商量下一步該怎麼辦。

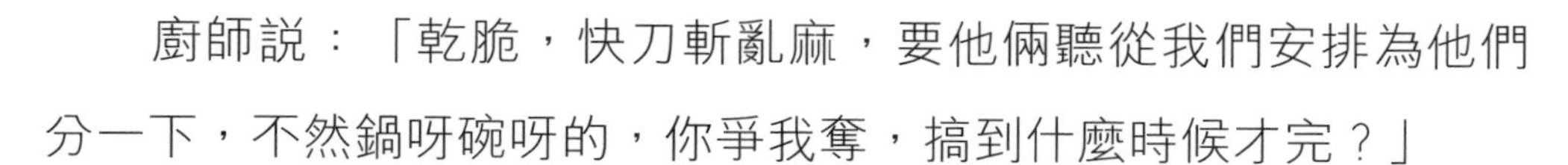

廚師說：「乾脆，快刀斬亂麻，要他倆聽從我們安排為他們分一下，不然鍋呀碗呀的，你爭我奪，搞到什麼時候才完？」

裁縫說：「我們給他們要分得公正，針也過得去，線也過得去，大家都滿意才行。」

趕車人說：「這事不難辦，前有車路，後有轍，再推一把就可以了，不會走岔的。」

船夫說：「我看我們都別在這兒空談了，再去他們家看看情況，見風使舵吧！」

廚師的妻子在一旁聽着笑道：「你們四人真是三句不離本行，賣什麼就吆喝什麼！」

四人聽了大笑起來，原來廚師的妻子是個做小買賣的，也是經常吆喝慣了的！

釋義

三句不離本行——本行，職業、行當。從事每種職業的人，一開口說話，往往說了三句就扯到了自己的職業，也可見人們的敬業精神，言語都離不開自己的行業。

例句

你這個做醫生的真是三句不離本行，跟家人、朋友聚會的時候常常教人怎樣注意養生保健。

山外有山　人外有人

故事類型：**古籍記載**

這句諺語出自南宋詩人陸游寫的一部《老學庵筆記》中的一段故事。

北宋末年，肅王有一次和大臣沈元用一起出使北方的金國，晚上住宿在燕山的湣忠寺。

一日白晝，兩人閒來無事，就在寺廟中逛逛。他們見到一塊唐朝人寫的石碑，碑文有三千多字，辭藻華麗。兩人都很欣賞。沈元用的記憶力一向很好，他就記住了這碑文的內容，一路再三背誦。肅王在一旁聽着，好像並不留意的樣子。

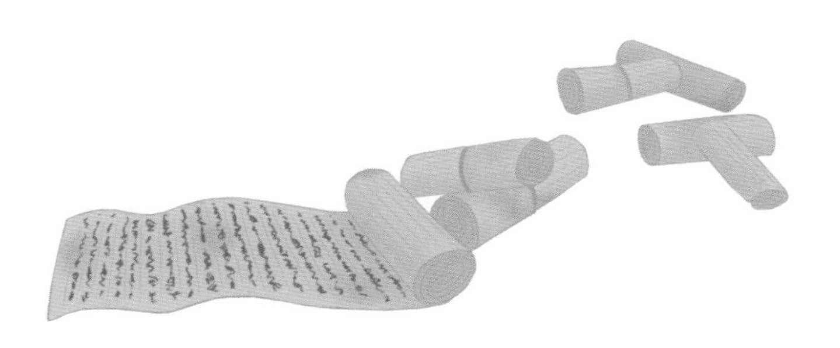

回到住宿地，元用為了誇耀自己的記憶本領，就拿起紙筆，把剛才背誦的碑文寫了下來，記不住的字就留空，一共留空了十四個字。

元用寫完後，肅王拿起來看了看，提筆把元用留空的十四個字填了上去，一個都沒遺漏；還修改了元用寫錯的四五處。寫完後肅王放下筆，就談其他的事，一點驕傲的神色也沒有。

元用看了大為驚訝，佩服極了，心想：俗語說「山外有山，人外有人。別誇我勝過他人，能勝過我的人還多着呢！」看來真是不假。

釋義

山外有山，人外有人——這樣東西好，同類中還有比它更好的；這個人本領強，還有更強的高手。比喻做人不能自滿，要謙虛謹慎。

例句

張永盛的象棋技藝是我校頂級的，屢次獲獎。不料這次輸給了鄰校一個低年級學生，令人大跌眼鏡。真是山外有山，人外有人啊！

天有不測風雲 人有旦夕禍福

故事類型：**古代小說**

曹操平定北方後，發展生產，擴大軍力，又佔領了荊州附近的多處地方。

諸葛亮建議劉備聯合孫權來對付曹操，正好此時曹操下戰書給孫權，說要奉皇帝之命來討伐，孫權那邊的許多大臣都嚇得主張投降。

諸葛亮到了東吳，說服孫權共同抗曹。孫權任命周瑜為都督，率領三萬水軍會合劉備作戰。兩軍相遇在赤壁，隔江對峙。

那時是十一月，颳起了北風，曹軍把戰船用鐵索連起，鋪上木板，平穩得可以走人行馬，曹操很得意。

有一天，在周瑜巡視時天上颳起了北風，憂心忡忡的周瑜一驚，口吐鮮血昏了過去。

諸葛亮來探望周瑜，周瑜說：「人有旦夕禍福，怎能保證自己不生病呢？」諸葛亮答道：「天有不測風雲，誰能預測天氣變化呢？」他開了張「藥方」說可治好周瑜的病。周瑜打開一看，上有四句話：欲破曹軍，宜用火攻；萬事俱備，只欠東風。

周瑜說：「現在颳的都是北風，火攻反而會燒到自己。」

諸葛亮說：「三天後我必能借來東風。」

三天後，果然風向轉為東南風，假裝投降曹軍的黃蓋把船駛近曹軍的連環船，一把火燒得曹軍大敗。這就是史上著名的赤壁之戰。

（見《三國演義》第四十九回）

釋義

不測，不可預測；旦夕，早上和晚上。全句指天氣不可預測，不知何時會起風，何時烏雲帶雨來；人的境遇也難預測，可能早上有禍事發生，晚上卻喜事臨門。隨時會有突發事件發生，這是常見的。

例句

爸爸剛見完一個朋友，就收到消息說那朋友遇到交通意外喪生，爸爸感歎：天有不測風雲，人有旦夕禍福，世事難料，生命無常啊！

有眼不識泰山

故事類型：**民間傳説**

相傳很久以前，泰山腳下的泰城住着一對夫妻，生了一個兒子，非常高興。父親要把這好消息告訴親友，一開門就見到眼前高聳的泰山，靈機一動，就把兒子取名為泰山。

泰山十歲時，木匠的祖師爺魯班到泰城來做一樁木工活，就寄住在泰山家。泰山的父母讓兒子跟着魯班學做木匠。

可是泰山似乎對木匠工作不太感興趣，見到魯班在一些木製家具上雕刻龍鳳花木，倒看得津津有味，自己也拿了一些木料來試着做。一年後，魯班要回去了，見泰山在木匠工藝上沒什麼長進，就沒帶走他。

泰山在家繼續砍柴種田。一天，他發現砍下的樹根形狀奇特，大有可為，便發揮自己的想像力，憑藉自己的雕刻功夫，把一個個只能當柴燒的樹根雕刻成一件件藝術品，拿到市場上去賣，大受歡迎。

幾年後，魯班為了建造打仗時攻城用的雲梯，又一次來到泰城。他見到市場的小攤上擺着一件件精美的樹根雕製品，非常驚訝。一打聽，原來都是出自他曾經放棄了的徒弟泰山之手。魯班歎道：「我真是有眼不識泰山啊！」

後來泰山在魯班的幫助下，成為一名出色的根雕大師，從此才有了根雕這門藝術。

釋義

有眼不識泰山——雖然長着一雙眼，卻不認識眼前的泰山。比喻見聞不廣、眼力不好，認不出地位高、本領強的人。

例句

這位衣着樸素的伯伯，原來就是鼎鼎大名的林教授啊，我們真是有眼不識泰山，差一點錯過了向他請教、學習的好機會。

近水樓台先得月

故事類型：**古籍記載**

中國文學史上有一位最「懶」的詩人，他一生只寫過一首只有兩句的詩，其中一句就是這句諺語。這裏有一個有趣的故事。

北宋傑出的政治家、思想家、文學家范仲淹曾多次在朝廷擔任要職，也曾做過地方官。他為人公正，善於發現和任用有才有德的人，所以很受人敬重。

有一次，范仲淹被調去鎮守杭州。他推薦了手下很多有才能的官員，或是得到提拔或是升了職，大家都很滿意。

當時有一個名叫蘇麟的官員正好出外巡視，所以錯過了此次機會。蘇麟回到杭州後，見到自己周圍的官員都升了職，而自己沒有份，知道范大人忽略了他，心中很不是滋味。

蘇麟不好意思直接提醒范大人，但又不甘心。於是他寫了一首詩，去見范大人時説請他指教。范仲淹打開一看，全詩只有這麼兩句：「近水樓台先得月，向陽花木早逢春。」

范仲淹是何等聰明的人，當然知道了蘇麟的用意，也覺得自己不該遺忘了他。於是徵求了蘇麟的意見，給他的工作做了新的安排，提拔了他。

（見俞文豹《清夜錄》）

釋義

近水樓台先得月——靠近水邊的樓台能首先欣賞到月光。後人常用這一句，比喻接近某種有關的人或事，就容易獲得好處。

例句

文雲的家就在圖書館對面，近水樓台先得月，所以她看的書最多，作文也寫得最好。

此一時彼一時

故事類型：**古籍記載**

春秋時期，彌子瑕是衛國的一名將軍，因為長得英俊瀟灑，人又乖巧，深得衛靈公的喜愛，成為他的寵臣。

有一晚，有人從老家趕來告訴彌子瑕，説他母親得了重病。彌子瑕急着要回家探母親，就坐了靈公的馬車出宮。按照國家的法令規定，私用君王馬車的人要被罰砍去雙足的，但是衛靈公卻説：「這真是一名孝子啊，為了探母病，竟然不顧斷足之罪！」

一天，君臣一起遊逛果園。園內蜜桃豐收，彌子瑕摘了一個桃子吃，香甜多汁，吃了幾口他便把半個吃剩的桃子塞到靈公口中。對君主這樣不敬的事看得別人目瞪口呆，但是衛靈公卻説：「這麼好吃的桃子你不忍心吃完，還跟我分享，真是愛我啊！」

等到彌子瑕年紀大了，變得不那麼漂亮了，衛靈公就漸漸疏遠他了，甚至有一次在生氣的時候下令鞭打了彌子瑕。衛靈公還翻舊賬責備他：「你曾經假傳旨令用我的車，還目無君威，把吃剩的桃子給我吃！」

韓非子在著作《韓非子・説難篇》裏記述這件事時分析説：衛靈公以年齡和相貌作為喜怒標準。彌子瑕做的這兩件事，此一時彼一時，因為衛靈公態度變了，所以有了截然不同的評價。

釋義

此一時彼一時——此，這；彼，那。這是這個時候，那是那個時候。比喻時間不同了，情況有了變化。

例句

這些衣服都是二三十年前流行的款式，此一時彼一時，現在人們都不會穿了，你還留着有什麼用？

解鈴還須繫鈴人

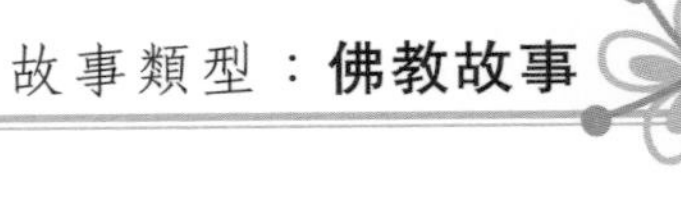
故事類型：**佛教故事**

這句諺語出自一個佛教故事。

南唐時，金陵的清涼寺廟裏有一個叫泰欽的法燈禪師，他的性格很豪放不拘，平日不太遵守寺廟規矩，也很少和大家一起幹活，所以廟裏的和尚都不喜歡他。但是寺廟的主持人法眼禪師卻獨具慧眼，覺得泰欽很有悟性，與眾不同，對他很器重。

有一天，法眼禪師在寺內講經，想考考和尚們的智慧，便問道：「誰能把繫在老虎頸上的鈴鐺解下來？」和尚們面面相覷，都回答不上來。

這時，正好泰欽法燈禪師走過來，法眼就說：「泰欽，你來回答：誰能把繫在老虎頸上的鈴鐺解下來？」

泰欽不假思索，馬上對和尚們說：「你們怎麼不說：把鈴鐺繫在老虎頸上的人，就能解下來。解鈴還須繫鈴人啊！」法眼誇獎他回答得好，對大家說：「你們不能小看他呀！」於是人人對法燈刮目相看。

這件事後，法燈禪師受到法眼的重用，後來當了寺廟的主要負責人，協助法眼開創了佛教五宗中著名的法眼宗。

法燈禪師在佛學和文學方面都有極高的造詣，著有多首詩詞，是一位難得的高僧。

（見惠洪《林間集》）

釋義

解鈴還須繫鈴人——繫，意思是打結、拴縛；解，打開、鬆結。要解開用繩拴住的鈴鐺，必須由繫鈴的人來做。比喻誰惹出來的麻煩問題，就必須由他去解決。

例句

剛才是你得罪了她，惹得她哭了。你應該去向她道歉，解鈴還須繫鈴人啊！

千里之堤毀於蟻穴

故事類型：**古籍記載**

這句諺語出自戰國末期韓國的著名思想家韓非子的著作《韓非子・喻老》。

相傳故事發生在古代中國北方的一個小村莊。村莊位於黃河邊，黃河水流經這裏，夾帶着大量泥沙，造成河牀淤塞，年年洪水氾濫，發生很嚴重的水災。

村民們齊心合力在河邊建造了一條長堤，果然在接着的兩年都擋住了河水，沒有發生水災，造福百姓。

那年夏天，一個老農和他兒子一起走上長堤去田裏幹活。細心的老農忽然見到堤上有很多白蟻在爬行，他覺得有些不正常，

就俯身觀察這些白蟻的動向。他一路跟隨爬行的白蟻，見牠們的巢穴原來就在長堤的側邊，而且不止一處，竟然有很多處。

老農對兒子說：「這些蟻窩挖空了長堤，會影響大堤的抗水力，我要去告訴村民們來想辦法修補。」

他兒子不以為然：「小小蟻窩成不了大事，不會影響大堤的安全，你別管那麼多了，下田吧！」

兒子硬是把父親拉去田裏幹活。誰知那天晚上風雨大作，狂風暴雨之下黃河水猛漲。洶湧的洪水沖破了被白蟻蛀空了的長堤一側，湧向村莊，造成了很大的災禍。

所以韓非子在文章中說：千里之堤毀於蟻穴。

釋義

千里之堤毀於蟻穴——毀，摧毀、毀滅；蟻穴，白蟻的洞穴。千里長的大堤因為白蟻的築窩，也會被摧毀。比喻不注意小事，可能會造成嚴重的損失。警誡人們要留意細節，小漏洞不補，能釀成大亂子。

例句

公司財務上的這個漏洞要設法堵住，不然的話日後會造成大麻煩。千里之堤毀於蟻穴，古人的這個教訓要記住啊！

貪小便宜吃大虧

故事類型：**古籍記載**

這句諺語出自戰國時期的一段歷史，北魏的劉晝所著《劉子新論》中有記載。

公元前316年，秦惠文王想併吞古蜀國，但是蜀國在西邊山區，蜀道難行，山路狹小險峻，車馬不易通行，不能強攻。

惠文王打聽到蜀侯①是個愛貪點小便宜的人，於是利用了這點想出了一條妙計：他叫石匠雕刻了五個石牛，在牛尾巴上繫了很

多黃金和絲織品，然後派人去告訴蜀侯說，這是惠文王送給他的石牛，會拉出金糞，請蜀侯查收。

蜀侯派人去一看，果然石牛身後有很多金塊，大喜。他命令士兵開山平路，修造出一條平坦大道來，再由一些壯士把石牛搬運回來。

惠文王見蜀侯已中計，道路也已開出，便速派秦軍沿路攻入蜀國，這條路就被稱作「石牛道」。蜀侯貪圖一些小利，而導致國破身亡，「貪小便宜吃大虧」成為天下人的笑柄，警誡世人千萬代。

（見《劉子新論》、《水經注・本蜀論》）

① **侯**：戰國時，各諸侯國的最高領導人就是侯，地位相當於王。

釋義

貪，貪圖、貪戀；虧，虧損。好貪小便宜的人往往反而會吃大虧，造成自己的損失，因為小便宜後面常有陷阱，是使人上當的誘餌。另一句諺語「撿了芝麻，丟了西瓜」意思相同，也是指因小失大。

例句

一些歹徒常在街頭以廉價賣假藥假貨，很多人貪小便宜吃大虧，被騙了錢。

少吃多滋味
多吃壞肚皮

故事類型：**創作故事**

今天晚飯桌上，媽媽笑瞇瞇地對大家説：「我給大家猜一個謎語，猜對了的有獎。」

大家都很好奇，叫媽媽快點給謎面。媽媽説：「脱了紅袍子，是個白胖子；去了白胖子，是顆黑丸子。猜一種水果。」

才思敏捷的哥哥立刻叫了出來：「荔枝！一定是荔枝！」

爸爸和我也叫道：「沒錯，荔枝！」只是我們反應沒哥哥快。

媽媽說：「大家都說得對，都有獎！」說着，她捧出一大盤鮮紅的荔枝當飯後水果。荔枝，是大家都喜歡的嶺南佳果，我們都急不可待地剝殼吃了起來。

媽媽警告說：「荔枝性很熱，不能多吃，一人只能吃五個！」

哥哥振振有詞：「白居易說過，荔枝摘了下來，一天變色，兩天變香味，三天變味道。四五天後，色香味都沒了，所以要趁早快點吃完。」

爸爸說：「那你也別忘了古人的養生之道：少吃多滋味，多吃壞肚皮。荔枝的糖分高，聽說吃多了會頭暈，有人會發癲癇病。」

哥哥笑道：「管它什麼癲癇病，我不在乎。這麼美味的荔枝，我實在忍不住口。」

說話間，一大盤荔枝已經消失得無影無蹤。

釋義

少吃多滋味，多吃壞肚皮——無論多麼美味的食物，每次吃時適可而止，吃一點就覺得有滋有味；吃得太多了對腸胃不好，不易消化，不利健康。勸誡人們飲食要有節制，不要暴飲暴食。

例句

妹妹很挑食，不喜歡的食物一概不碰，喜歡的就大吃特吃。媽媽時時告誡她：少吃多滋味，多吃壞肚皮。你常常肚子痛，還不學乖！

人生七十古來稀

故事類型：**古籍記載**

這句諺語出自唐代大詩人杜甫的一首詩《曲江》：

朝回日日典春衣，每日江頭盡醉歸。

酒債尋常行處有，人生七十古來稀。

穿花蛺蝶深深見，點水蜻蜓款款飛。

傳語風光共流轉，暫時相賞莫相違。

那時安史叛亂剛剛平定，皇室返回京城，唐肅宗即位，授命杜甫為左拾遺。那是一個諫官的角色，要及時發現皇上政務上的失誤，上諫提醒皇上糾正。

杜甫辦事認真負責，為了國家和百姓的利益，他向肅宗提了很多建議。但那時全國都在歡慶平叛勝利，杜甫卻不識時務在挑朝廷的毛病，當然不得肅宗歡心。他的建議不但不被採納，肅宗還因此疏遠了他。

杜甫眼見自己無力効勞國家，心中非常鬱悶，這段時間就常常以酒澆愁。

《曲江》這首詩前面四句的意思是：天天從朝廷回來就典當了春衣去買酒，喝得大醉才回家。欠下了很多酒債，因為做人很難活到七十歲，何不喝喝酒讓自己快樂呢？

可是後面四句筆鋒一轉，卻描寫起眼前春天的美景，表現出詩人並沒有消極頹喪，還是能在生活中尋找美和真：蝴蝶在花叢中飛舞，蜻蜓在河面上輕盈滑飛。美好的春光多逗留一會吧，讓我再多多欣賞！

釋義

人生七十古來稀——古代因為醫學科技還不發達，所以人們的壽命都不很長，能活到七十歲高齡的人不多見。此句指高壽不容易。

例句

古時候是人生七十古來稀，但現今醫療科技先進，人們也注重養生保健，不少人能活到一百歲以上，七八十的高齡老人已不稀奇了。

飯後百步走
活到九十九

故事類型：**古籍記載**

這句諺語是清代名醫葉桂寫的一首《十叟長壽歌》中，一位老人的養生之道。

詩歌中說，有個路人在海邊見到十位老人，個個都年歲過百，但是精神矍鑠（粵音霍削）。路人上前誠懇拜問老人高壽的秘訣。

一人説他從不喝酒，一人説他飯後百步走，一人説他凡事自己動手，一人説他出門時慢慢地步行代替乘車，一人説他開窗呼吸新鮮空氣，一人説他常常曬太陽，一人説他天天打太極拳，一人説他早睡早起，一人説他不追求名利，最後一人説他心情舒暢無憂無慮。

路人感歎：十位老人説的都是養生妙訣，假如大家都能照此行動，一定可以延年益壽。

其實葉桂醫生是概括了多人長壽經驗而編寫了這首歌謠。「飯後百步走，活到九十九」，被認為是養生秘訣，流傳千年。

早在唐代，著名的醫學家孫思邈就介紹過他自己的經驗：「早飯後出門走五六十步；午飯後，慢慢走一二百步，不要走得氣喘。飯後走走，能幫助消化，對脾胃有益，就能長壽。」他自己就是這樣做，活到了一百零一歲。

釋義

這句古代養生諺語告訴我們吃完飯後散散步，能促進腸胃蠕動，有助消化，並且對心腦肺也有益，是古人長壽的秘訣。這裏的「百步」是個約數，不一定真的要走一百步。有人説應是「擺步走」，意思是擺動雙手行走。

例句

婷婷很早就聽媽媽説「飯後百步走，活到九十九」。九十三歲的祖母過世了，婷婷問媽媽：「祖母是不是飯後沒有百步走？」

傷筋動骨一百天

故事類型：**民間傳説**

這句諺語出自清代一部章回小説《説唐全傳》第九十回。

這部小説由隋文帝平定南北朝，寫到唐太宗統一中國這段歷史時期的故事。

隋文帝之後，由隋煬帝繼位。他開鑿大運河，遷都洛陽；又多次出征發動戰爭，花費巨大國力民力。煬帝生活奢華，朝廷內奸臣當道，百姓苦難深重，叛亂四起。書中敍述了「十八路反王」，「六十四路煙塵」中各路民間英雄的反隋故事，描寫生動，具有濃厚的傳奇色彩，成為民間説唱戲劇的原材料。

第九十回説的是程咬金、秦瓊等人瓦崗寨起義後自稱大魔國，隋煬帝三次派兵攻打都失敗。隋軍裏面有條好漢叫新文理，是一名總領兵。他武藝高強，力大無窮，能橫推八匹馬，所以人稱「八馬將」。可是一次在四路人馬圍攻瓦崗時，新文理被打傷了雙臂，治好傷後他又坐鎮虹霓關。

瓦崗軍來攻打隋軍，新文理又率兵出陣，不料又被一年輕小將揮舞鐵棍砸了臂膀。幾天後，瓦崗軍那邊聽説隋軍又來叫戰，眾將議論説：「常言道，傷筋動骨一百天，新文理那小子的膀子被兩次砸岔，現在絕對好不了，怎又敢來出戰？」原來是文理的妹妹代兄前來報仇。

釋義

這是古人的經驗之談，認為凡是筋骨方面的傷害，沒有一百天的治療靜養，是康復不了的。當然，説一百天，可能也有誇張的成分，其實是個概括的時間概念，意思是筋骨損傷需要長期治養。

例句

哥哥打籃球跌倒在地，腳踝骨折，媽媽説：「傷筋動骨一百天，你別再想亂跑了，乖乖在家休養吧！」

春吃花，夏吃葉，秋吃果，冬吃根

故事類型：**民間傳說**

這是古人關於飲食養生的一條諺語，這裏我們介紹關於「春吃花」的一段小故事。

春天春暖花開，百花爭豔，花朵不僅是觀賞植物，而且還能進入廚房，做成美味佳餚。

古代很早就有煮吃花卉的習慣，最早的詩集《離騷》裏就有這樣的句子：「朝飲木蘭之墜露兮，夕餐秋菊之落英」，木蘭花

的露水和菊花的花瓣都成了食物。

唐代女皇帝武則天就有以花為飲食的嗜好。據説，武則天很喜歡花卉，每到春天百花盛開，她就到御花園賞花。她不僅賞花，還要吃花。她隨手一指心儀的那種花，隨身宮女就要立即採下。等採夠了幾大籃鮮花後就拿到御廚房，命令廚師按照她自己設計的方法製作百花糕——把花瓣洗淨搗碎，摻和着大米粉，加上白糖，放在各式模具裏隔水蒸熟，從模具裏傾倒出來就成了一塊塊色香味俱全的百花糕了。每到喜慶節日，她就用這糕賞賜大臣。美麗的花瓣製成糕點，營養當然也很好，因此這位女皇帝一直活到八十二歲高齡。

朝廷的這個飲食習慣很快就在民間傳開了。於是茉莉花、桂花、木棉花、玫瑰花、槐花等紛紛入饌，變成各式菜餚和點心，構成了中華飲食文化的一部分。

釋義

這條諺語教我們要順應節氣來進食，春天花開，可把能吃的花卉煮食；夏天蔬菜長得好，多吃蔬菜；秋天水果豐收，多吃水果；冬天百景蕭條，可吃長在地下的根莖類植物，如蘿蔔、薯類。這是古人使人和自然和諧統一的經驗之談。

例句

媽媽常説，我們要多吃些那個季節當造的食物，對身體有益。正如古人説：春吃花，夏吃葉，秋吃果，冬吃根，那是很有道理的。

白菜蘿蔔湯
益壽保健康

故事類型：**民間故事**

北方有個農婦，她的丈夫很早就因病去世了，她帶着兒子辛辛苦苦撐了多年，把兒子撫養長大。

兒子也可以幫着幹農活了，母子倆相依為命，克勤克儉，春耕秋收，再找些零散的工作，勉強地維持着生計。

不幸的事發生了：一個冬天，兒子在為一個富有人家蓋屋子時，不小心從屋頂上摔下來，頭部受了重傷，兩天後死了。

富家主人說，這是她兒子自己疏忽大意，不注意安全施工而造成的意外，他們沒有責任。結果農婦一點賠償也沒得到。

農婦草草把兒子埋葬了。家裏只剩她一人了。

地裏種的白蘿蔔和大白菜到了該收的時候了，再不收的話就要被冰雪凍壞了。農婦就去把蘿蔔和白菜收了回家。

她煮了一鍋白菜蘿蔔湯，坐在桌邊慢慢喝了起來。

富家的主婦剛好走過農婦家門口，看見農婦在喝湯，大驚小怪地嚷道：「哎喲，你在喝湯！兒子死了，你還有心情坐在這裏喝湯？」

農婦淡淡地看了貴婦一眼，平靜地問答說：「白菜蘿蔔湯，益壽保健康。沒了兒子，我還要活下去呀！現在我要幹兩個人的活呢！」

貴婦無話可說，訕訕地走開了。

釋義

白菜蘿蔔湯，益壽保健康——這是中國古代傳下來的一句養生保健諺語，意思是普羅大眾常吃的白菜和蘿蔔雖然普通，卻都是營養豐富的蔬菜，煮湯喝對身體很有益。

例句

媽媽端上來一鍋清淡的湯，弟弟嫌棄它沒味道不想喝，媽媽說：「你別小看它，價廉物美的白菜蘿蔔湯，益壽保健康！」

此地無銀三百兩

故事類型：**民間傳説**

相傳古時候有一個名叫張三的人，克勤克儉，好不容易積攢了三百兩銀子，心裏非常高興。

他絞盡腦汁思考怎樣收藏這些銀子：帶在身邊，不方便也不安全；放在家裏，生怕別人來偷……想來想去，終於想出了一個好辦法：他做了一個小木箱，把銀子放在裏面；再到屋子後面的

牆角落挖了一個坑，把木箱埋在坑裏，用土蓋上踩平。他心想：這下沒人會找到了。

可是他又憂心忡忡，擔心有人會胡亂挖地發現這個箱子。於是他拿來一張紙，在上面寫着：「此地無銀三百兩」，把紙貼在牆角。他認為已經告訴別人這裏沒有銀子，那就萬無一失了。

鄰居王二早上起身，看見牆角有這樣一張紙，以為是張三在開玩笑，但又不甘心放棄，決心要冒險試試。到了深夜，他便拿了鋤頭把牆角的土挖開，取出木箱捧回家。打開一看，果然裏面有白花花的三百兩銀子！王二萬分驚喜，但又擔心張三會懷疑他偷了這筆銀子，便也在一張紙上寫了「對面王二不曾偷」放在牆角，這才安心地睡覺。

這個故事的結局大家都能猜到了吧？兩個蠢人自作聰明的做法，留下了有趣諺語，被人貽笑千年。

釋義

此地無銀三百兩——比喻作賊心虛，用拙劣的手段想隱瞞事實，結果欲蓋彌彰，不打自招，反而徹底暴露了。

例句

兩歲的弟弟偷吃了桌上的糖，媽媽回來時弟弟很緊張，連連搖手說：「寶寶沒有吃糖！」姐姐笑他是「此地無銀三百兩」！

狗咬呂洞賓 不識好人心

故事類型：**民間傳説**

呂洞賓是民間傳説中的八仙之一。他本來是個讀書人，兩次科舉考試失敗，從此遊山玩水逍遙度日。後來獲道人傳授他劍術和煉丹法，修道成功後普度眾生，深受人們敬重。

那時道家高師是要主動去尋找徒弟的。呂洞賓要在三年內找到一名高徒，於是到處去雲遊。

某地有一道教徒，花費百兩銀子購買了道家祖師像放在家中神龕裏，每天早晚淨手更衣，虔誠禮拜。

一天他正在禮拜的時候，一個衣衫襤褸的老年乞丐上門向他乞討：「老闆，給我一點吃的吧，我好幾天沒吃東西了。」

教徒很生氣：「我正在敬神呢，你沖了仙氣，真討厭，快出去！」

老乞丐退到門旁坐下來等教徒做完禮拜，再次進門要吃的。教徒隨手抓起餵狗的瓷盆，把裏面的狗食往乞丐手中的破碗裏一倒，趕他快走。乞丐吃完碗中的狗糧還要水喝。教徒不耐煩了，連聲叫他滾，還放出狗來咬那乞丐。

老乞丐歎氣道：「唉，真是狗咬呂洞賓，不識好人心！」說完便化成一縷清風飄走了。

教徒覺得奇怪，回頭一看，門上貼了一張墨跡未乾的紙，上面寫着：

天天拜洞賓，認假不認真。

洞賓來拜訪，少顆真善心。

原來剛才是呂洞賓來訪！教徒後悔莫及。

釋義

狗咬呂洞賓，不識好人心——一般用於貶義，罵人不識好歹，誤解好心幫他的人。

例句

他好心來教你怎樣解答這道數學題，你卻認為他是來嘲笑你的。真是狗咬呂洞賓，不識好人心！

五十步笑百步

故事類型：**古籍記載**

這句諺語出自春秋時期孟子與梁惠王的一段對話。

梁惠王好戰，為了侵略別國，常常向百姓徵稅、征兵役。有一天，他問孟子：「我對於國家算得盡心吧！河內有災荒，我就把河內百姓遷移到河東，還運去糧食救濟。河東有災難，我也如此做。我看鄰國的政務，沒有像我這樣用心做的。但是鄰國的人口不見少，而我的百姓卻不見增多，這是什麼原因呢？」

孟子回答說：「大王喜歡戰事，我就用打仗來比喻吧！戰場上戰鼓一響，兩軍兵刃相接，有士兵丟了盔甲拖着武器逃跑，有

的逃了一百步才停，有的逃了五十步。逃了五十步的人嘲笑逃了一百步的人怕死，大王認為如何？」

梁惠王說：「不該。只不過他沒逃了百步，但也是逃跑呀！」

孟子說：「大王知道這點，就別指望自己的百姓多於鄰國了。」孟子進一步勸說道：不用兵役稅收耽誤農事，分給百姓土地園林，讓百姓豐衣足食、生活無憂，就是王道的開端了。這樣天下大眾就會來投奔，人丁就興旺了。

孟子巧妙地用五十步笑百步的比喻表明了：梁惠王雖然給了百姓一些小恩小惠，但本質上與鄰國的暴君沒有兩樣，只有施行仁政才能富民強國。

（見《孟子·梁惠王上》）

釋義

五十步笑百步——戰場上向後逃跑五十步的人嘲笑逃跑一百步的人膽小怕死。比喻自己與別人有同樣的錯誤缺點，只是程度上較輕，但本質是一樣的。

例句

小明一點鐘去交功課，小華比他還遲了十分鐘。小明說小華動作慢，小華忍不住說：「你不也遲交了嗎？還五十步笑百步呢！」

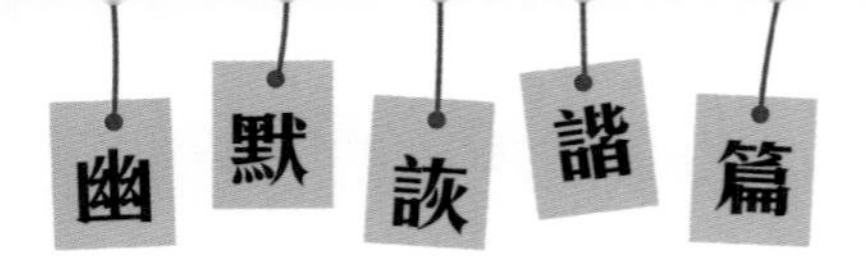

遠在天邊近在眼前

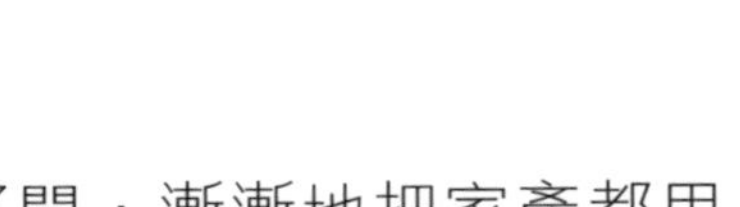

古時候有一個男子不務正業，遊手好閒，漸漸地把家產都用完了。

他的鄰居是個富裕之家，這男子就起了歪念，想找機會去鄰居家偷些東西來變賣。

於是他主動與鄰居搭訕，裝出很友好的樣子問寒問暖；向鄰居家的僕人打聽屋中情況，注意觀察這家人的作息習慣和出入時間……總之花了很多心思作準備。

機會來了！有一天，他看見鄰居一早就全家出動去趕赴廟會。等他們走遠了，他就偷偷翻窗潛入鄰居家，翻箱倒櫃，偷走了很多財物。

鄰居一家下午回家，眼見家中凌亂不堪，財物被竊，驚慌失措。驚叫聲和痛哭聲引來很多鄰人，那男子竟假扮好人前來安撫，還協助他們報官，催促快些破案……

這時，有一位老人前來指證，説他眼見那名男子今早在那家門口鬼鬼祟祟徘徊，還翻窗潛入。男子只好低頭認罪。眾人驚訝道：犯罪分子遠在天邊近在眼前，原來就是他呀！

釋義

遠在天邊，近在眼前——天邊，這裏是誇張的説法，指在很遠的地方。全句意思是，你想尋找的人或事物原以為很難找到，卻原來就在附近或就在面前。

例句

你要找的參賽代表遠在天邊近在眼前，王石梅同學就是最合適的人選啊！

老鼠過街　人人喊打

故事類型：**民間傳說**

傳說一羣老鼠因為模樣長得難看，惹人討厭，被迫長年居住在不見天日的陰溝裏。那裏污濁骯髒，潮濕陰暗，又常常找不到食物，經常挨餓，個個骨瘦如柴，生活得很狼狽。

牠們實在熬不下去了，聚在一起議論說：「為什麼老天爺給我們安排了這樣的命運？瞧那些貓貓狗狗的，都是人類的寵物，吃得好、住得好，簡直是生活在天堂！而我們卻注定被困在這樣的地獄裏！我們要求改變命運！」

老鼠們在大老鼠的帶領下，虔誠地向天作揖。大老鼠帶頭祈禱說：「尊敬的老天爺，求求您發發慈悲，改變我們的命運，讓我們也過過好日子吧！」

老天爺發聲道：「因為你們前世都是貪官污吏，搜刮民脂民膏，所以今生就要受此煎熬！這是你們無法改變的天理。」

老鼠們聽了都很失望，決定要自找出路求生存。於是牠們白天躲在陰溝裏，一到晚上便跑出來到市區各家各戶去。牠們不僅啃吃食物，還亂翻亂找，咬壞了人們的很多衣物，牠們身上的病菌傳染了人類，引起了多種疾病。老天爺很生氣，告知了人類：老鼠是個壞東西，你們記住：老鼠過街，人人喊打！

釋義

老鼠過街，人人喊打——老鼠是被公認為危害人類健康的動物，所以人人討厭。如果見到老鼠出現在街上，人們必定會羣起而攻之。比喻壞人一定會引起公憤，人人起來討伐。

例句

疫情高峯時期，你若是不戴口罩上街，會變成老鼠過街，人人喊打！

王婆賣瓜　自賣自誇

故事類型：**民間傳說**

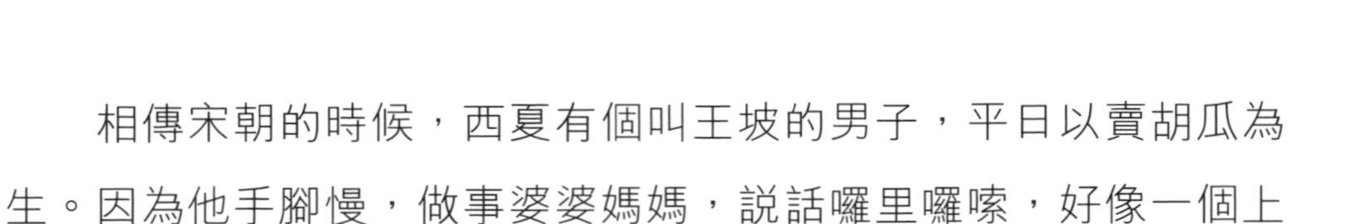

相傳宋朝的時候，西夏有個叫王坡的男子，平日以賣胡瓜為生。因為他手腳慢，做事婆婆媽媽，說話囉里囉嗦，好像一個上了年紀的老婆婆，所以人們都改叫他王婆。

那時，北方的蒙古大軍時時來侵犯西夏，戰事連年不斷，王婆為了避開戰亂，就逃難到宋都開封府。他沒什麼家當可帶，就隨身挑了一擔每天叫賣的胡瓜。

王婆在開封落腳後，便在街邊擺攤賣他的胡瓜。胡瓜就是哈密瓜，是西部地區的特產，它的灰色外皮很粗糙難看，但是果肉很香甜。開封人沒見過這種瓜，不敢嘗試，竟沒一個人來買。

王婆急了，便切開了一個瓜，開始叫賣：「來，來，嘗嘗我的大胡瓜，又香又甜真可口，包你吃了不想走！」

人們好奇地圍過來，見果肉黃澄澄的，挺好看；嘗了一塊，都嘖嘖稱讚：真甜，好吃！

正好宋神宗出宮巡視，路過這裏。王婆見皇帝來到，喊得更加帶勁，還雙手捧上一塊瓜請神宗嘗嘗。

神宗吃了一塊，讚不絕口，説此瓜清香甘甜，確實不錯。便説：「只要貨色好，該誇的還是應該自己誇，像王坡這樣賣瓜，自賣自誇，有什麼不好？」

釋義

王婆賣瓜，自賣自誇——對自己的東西大加讚賞，竭力説好話要別人相信。現在一般都用於貶義，形容一些人自我吹噓，誇大吹牛。

例句

推銷員向人推銷自己的商品時，往往是王婆賣瓜，自賣自誇，説得天花亂墜的，其實他的商品未必有那麼好。

山中無老虎 猴子稱大王

故事類型：**民間傳說**

相傳以前有一對老夫妻，沒有孩子，家裏只有一頭毛驢。

一天晚上，有個小偷想來偷毛驢，毛驢叫了起來，小偷嚇得爬到一棵樹上。一隻老虎聽到有驢叫，跑了過來。牠在門口聽見老頭說：「不怕有人偷驢，驢會踢他的。只怕雨天的屋漏啊，那可麻煩了。」

老虎一聽很納悶：「屋漏」會比我還厲害？那是什麼東西啊？

樹上的小偷朦朧間以為是毛驢走到了樹下，便跳下來騎在老虎背上。老虎以為是屋漏來了，拚命逃跑，背上的東西卻死抓着牠不放。老虎跑了很久，天也漸漸亮了，小偷一看自己騎的不是毛驢而是老虎，嚇得縱身一跳，抓住一棵大樹躲了起來。

老虎發現背上輕快了，這才鬆了一口氣。一隻猴子見到牠，問牠為什麼氣喘吁吁的。

老虎説：「剛才有一隻屋漏，比我厲害多了，我跑了好久才在大樹下甩掉了它！」

猴子很奇怪，要老虎帶牠去看看什麼是屋漏。

老虎帶着猴子回到大樹旁，小偷見老虎又來了，嚇得都撒出尿來了。尿液滴下來淋得猴子一頭一面，猴子急得雙腳直跳，還哇哇大叫。老虎見猴子那麼怕屋漏，嚇得遠遠逃離了這座森林。從此山中無老虎，這隻猴子稱了大王。

釋義

山中無老虎，猴子稱大王——比喻沒有合適的有能力的人來當首領或帶領大家做事，只好由普通人物來充當。

例句

籃球隊隊長生病住院了，這次比賽大家就推選我做隊長，真是山中無老虎，猴子稱大王，我只怕擔不起這副重擔啊！

新雅中文教室

諺語故事 100 選

作　　者：宋詒瑞
插　　圖：李亞娜
責任編輯：陳友娣
美術設計：鄭雅玲
出　　版：新雅文化事業有限公司
香港英皇道499號北角工業大廈18樓
電話：（852）2138 7998
傳真：（852）2597 4003
網址：http://www.sunya.com.hk
電郵：marketing@sunya.com.hk
發　　行：香港聯合書刊物流有限公司
香港荃灣德士古道220-248號荃灣工業中心16樓
電話：（852）2150 2100
傳真：（852）2407 3062
電郵：info@suplogistics.com.hk
印　　刷：中華商務彩色印刷有限公司
香港新界大埔汀麗路36號
版　　次：二〇二〇年八月初版
二〇二三年十一月第四次印刷

ISBN: 978-962-08-7556-4

18/F, North Point Industrial Building, 499 King's Road, Hong Kong
Published in Hong Kong SAR, China
Printed in China